L'enfant dans le placard

Othilie Bailly

L'enfant dans le placard

NOTE DE L'EDITEUR

Il ne se passe pas de semaine sans que nous n'apprenions les atrocités dont sont victimes les enfants.

Malgré une révolte légitime, nous oublions très vite ces faits qui nous dérangent.

Le silence n'est pas la meilleure des préventions.

Aussi avons-nous pris la décision de publier ce témoignage bouleversant tel que nous l'avons reçu. Othilie Bailly, psychologue et écrivain, s'est glissée dans la peau d'un enfant martyr coupé des réalités de son âge.

Même si l'auteur a volontairement modifié certaines situations, les faits de cet ouvrage sont authentiques. Les rapports particuliers des personnages ont été respectés avec leurs maladresses.

Ce texte est dur parfois, toujours émouvant, jamais complaisant.

Il n'a qu'un seul but : celui de réveiller notre cœur afin que nous puissions crier à notre société : PLUS JAMAIS ÇA.

« Ouvrons les yeux avant qu'ils ne les ferment » est le slogan de l'association VML, Vaincre les Maladies Lysosomales, qui se bat pour des enfants malades. Nous remercions VML de le prêter aux enfants martyrs.

— Maman, maaman...

Le cri était ce long, ce déchirant, ce poignant gémissement de deux chairs que l'on sépare. Un cri rouge comme le sang. Dans l'obscurité, petit Jean entendait et voyait son cri. Il avait poussé ce même cri abyssal lorsqu'il était sorti du ventre de sa mère ; ce ventre clos, chaud, sans faille ni crainte ni désespoir, ce nid d'un bonheur tiède couleur rouge comme le cri.

— Maman... maman, je te promets de ne pas recommencer.

— Tais-toi.

C'est la voix de papa qui n'est pas mon papa... je le déteste !

— Eh merde ! tu la boucles... fais-la-lui boucler à ce petit merdeux.

— Paul, je t'en prie !

La voix de maman. Elle me défend contre le papa qui n'est pas mon papa. La porte claque, il est parti.

— Maman, s'il te plaît, maman, ouvre-moi, j'ai peur dans le noir.

— Tais-toi, petit Jean, tu es puni parce que tu n'as pas été sage.

— Je te demande pardon, maman, non, je n'ai pas été sage, mais je ne recommencerai plus, je te le jure.

— Il faut que tu sois puni, petit Jean ! Tais-toi, plus tu pleureras, plus tu resteras enfermé.

Maman s'est tue. Le silence est aussi sombre, aussi noir que le placard. On m'a enfermé dans le placard parce que je n'ai pas été sage... Maman !

— Je ne peux pas t'ouvrir, ton papa a emporté la clé.

— Le papa qui n'est pas mon papa !

— Ne dis pas ça. C'est ça qui le met en colère.

— J'ai fait pipi au lit ! mais je ne le ferai plus, je te le promets.

— Je t'ai dit de te taire. Papa va rentrer, il ne faut pas qu'il t'entende, sans ça il ne t'ouvrira jamais !

Jamais. Peur de jamais. Un mot noir aussi, un mot comme un immense trou noir où petit Jean s'enfonce sans fin. Ses doigts s'agrippent au matelas jeté par terre pour s'y raccrocher, sinon il va s'enfoncer dans la terre et on ne le retrouvera plus jamais. JAMAIS !

— Je sors, petit Jean ! Je ne veux pas t'entendre quand je rentrerai avec papa. Tu m'entends bien : je ne veux pas... sinon tu me feras beaucoup de peine.

— Oui, maman, j'obéirai, maman, puisque je suis puni ! Je ne veux pas que tu aies de la peine.

La voix de maman était triste. Je ne veux pas qu'elle soit triste. Je l'aime tant mamaman... triste.

Petit Jean cherche sur ses joues la tiédeur des larmes qui y coulent sans sanglots. Se taire. Ne pas faire de bruit pour ne pas faire de peine à maman. Ses doigts sont humides. Il lèche ses doigts comme le petit chat ses pattes, pour faire sa toilette. Les larmes sont salées.

De nouveau la porte claque, mais cette fois c'est sur maman. Claque son cœur comme la porte. Il va mourir enfermé dans le placard. Toc toc, fait son cœur ; aussi fort que le martèlement de ses poings tout à l'heure.

Ils sont allés au restaurant... Ils vont entendre mon cœur quand ils rentreront et le papa qui n'est pas mon papa me tuera... Mais je serai mort quand ils rentreront et maman aura de la peine.

Seul, il est seul dans ce placard où rien ne bouge, où rien n'est rien, où la terreur seule est rouge comme le sang. La terreur de petit Jean. La terreur comme la fin du monde. La fin de son monde de bruits, de cris, de lumière, de baisers de maman.

Les doigts brassent le noir, nageant dans cet océan sans couleur, sans bruit. Silencieux. C'est une eau lourde qui monte, envahit tout, une eau salée qui coule sur les joues et sur les doigts de petit Jean.

Une eau pareille à celle où il a vécu neuf mois sans souvenir ; mais dont quelque chose en lui, qu'il ignore, se rappelle comme un réconfort.

Il a repris sa pose de fœtus sur le matelas jeté par terre et s'endort dans ce liquide tiède et salé.

Dans le sombre, l'immense abîme que creuse la nuit, la main de petit Jean cherche l'ours rassurant. Le bruit l'a éveillé. Le bruit : gémissements de maman, papa qui n'est pas mon papa lui fait mal. Toutes les nuits il lui fait mal... Petit Jean voudrait défendre maman. Il y a une semaine ou deux ou trois, c'est loin dans la nuit, il s'est levé et est entré — tellement peur mais l'amour pour maman passe avant la peur —, a osé entrer dans la chambre de maman qui se plaint à voix très haute.

Et papa qui n'est pas mon papa a crié si fort, si méchant des mots que je n'ai pas compris : petit salaud, vicieux, fous-moi le camp. Et il est tombé sur maman parce qu'il était en colère, et ils ont hurlé tous les deux en même temps.

Peur. Une peur grande comme moi. Plus grande. Comme celle de maman quand le papa qui n'est pas la bat pour la faire pleurer.

Dans son lit, sous ses couvertures, les poings sur les oreilles pour ne pas entendre la peur de maman... c'est Martin l'ours qui a séché les larmes de petit Jean.

Le lendemain matin maman a crié presque aussi fort que cette nuit, mais pas pareil : « Tu n'as pas à entrer dans notre chambre. Qu'est-ce qui t'a pris ? — J'avais peur, maman, peur que papa qui n'est pas mon papa te fasse mal ! » Elle a ri, maman, et m'a câliné sur ses genoux contre son ventre dans lequel je voudrais rentrer. « Petit bêta... Non, non, papa ne me fait pas mal. On joue tous les deux ! » Ils jouent à se faire peur, alors ! Je sais que c'est un jeu quand on m'envoie tout seul dans l'escalier et que la lumière s'éteint et je ne suis pas assez grand pour...

Petit Jean trop petit pour appuyer sur la minuterie ; de plus en plus petit dans l'ombre de plus en plus grande du palier qui devient immense et l'escalier transformé en gouffre. Sans oser bouger, lié, livré aux fantômes qui le frôlent, le touchent, le lèchent jusqu'à ce qu'il tremble, tremble et pleure à voix basse maman, mamaman ouvre-moi. Et maman après longtemps ouvre enfin la porte sur le soleil de la maison « entre petit Jean » et même le papa qui n'est pas est de bonne humeur. Et maman dit : « On a tort, un jour quelqu'un... » Et le papa hausse les épaules : « Laisse tomber... c'est un jeu, voyons ! » Mais je n'aime pas ce jeu. Et quand j'entends maman crier parce qu'elle fait semblant d'avoir peur je serre très fort Martin contre moi et il me garde dans ses pattes. Où es-tu, Martin. Il n'est plus là... où est-il ?

Les mains de petit Jean se cramponnent au vide, tirent le rideau de la nuit où se cache Martin qui n'est plus dans le lit... Moi non plus. Où est mon lit ? J'ai perdu mon lit. Je suis par terre, je suis tombé, mam... Non, je suis puni, je suis dans le placard. Le papa qui n'est pas mon papa m'y a enfermé parce que je n'ai pas... Pipi, oh, j'ai pipi... faut pas, sinon je resterai dans le placard. Pas faire pipi, pas faire pipi... Oh !

Tout est mouillé, moite, humide. Soulagement. Horreur ! Pardon maman, pardon le papa qui... non, non papa. Pardon papa, pardon maman, je ne le ferai plus je le jure.

Le cri est en petit Jean, si grand qu'il va déborder de lui ; si larmes, si désespoir, si honte...

— Petit salaud, il a encore fait sous lui !

Il est en boule comme les toutes petites bêtes avec lesquelles il joue quand maman l'emmène au square. Maman qui défend : « Laisse ces bestioles, c'est sale. » C'est mémé qui les appelle des cochons de saint Antoine et qui les chatouille avec une herbe jusqu'à ce qu'ils deviennent ronds comme une toute petite bille, et on peut les faire rouler, ils ne bougent plus. « Il fait le mort », dit mémé. « C'est dégoûtant », dit maman. « Voyons, mémé, ne fais pas jouer le petit avec ça ! Regarde, il les porte à sa bouche... Pouah, veux-tu laisser ces cloportes. »

— Sale ! dit maman, sale... Comment, à presque cinq ans, un grand garçon, peux-tu encore faire pipi au lit... Et quand il ne voudra plus de toi, qu'est-ce que je ferai, moi ? Ah ! les enfants, c'est bon à vous gâcher une vie ! Il a beau dire je ne peux pas te laisser dans ton pipi... Viens que je te change... je vais faire sécher le matelas devant le radiateur mais ne le dis pas à papa quand il rentrera du travail.

— Il te battrait, maman ? Je ne le ferai plus !

— Non, c'est toi qu'il battrait. Bon, maintenant que tu es propre, retourne au placard pour ta punition ! Je te mets un pot là, à côté du matelas. Tu y feras pipi et la grosse commission aussi...

— Oui, maman, je ne le ferai.

— Oh, tais-toi ! ce que tu peux m'énerver. Sûr qu'avec un gosse comme toi il va me quitter un jour où l'autre. Après tout ce n'est pas le sien à cet homme ! Il est déjà bien bon de te garder.

Maman est fâchée, c'est de ma faute mais je ne veux pas rester enfermé dans le placard... Je ferai encore pipi au lit pour que maman s'occupe de moi... je ne veux pas.

Il y a une raie de lumière qui passe sous la porte et que petit Jean essaie d'attraper... S'il pouvait la tirer à l'intérieur de l'obscurité ! Mémé lui a raconté l'histoire d'une caverne qui est éclairée par un trésor. Mais il y a longtemps longtemps quand mémé venait tous les jours et que le papa qui n'est pas mon papa ne vivait pas avec nous ! Maman disait monbébé et elle m'embrassait. Je ne veux pas être un grand garçon, je veux être monbébé de maman !

— Ne pleure pas, petit Jean. C'est horripilant à la fin. Tant que tu pleureras tu resteras enfermé. Tu sais bien pourtant que tu es puni.

C'est le papa qui m'a puni. Je le déteste mais il ne faut pas que je le dise, ça fait de la peine à

— Maman...

— Qu'est-ce qu'il y a encore ?

— Tu ne veux pas me donner mon ours ?

Un silence. Donc ce n'est pas non. Ce n'est pas oui.

C'est un silence qui conserve tous les espoirs et tous les désespoirs. Petit Jean a joint les mains comme mémé lui a appris, pour une prière invisible et muette. Tout ce qu'il voudrait : rire, jouer, se faire câliner par maman, voir la lumière, courir dans la rue, être grondé, être pardonné, tout s'est condensé dans cet ours qu'il serre, inexistant, dans ses bras.

— Tiens, le voilà ton Martin.

La porte du placard s'est entrouverte, le temps de laisser la lumière envahir le sombre de la grotte, le temps d'un bref bonheur, la main de maman. Et l'ours, comme un morceau de vie, dans le placard avec petit Jean.

— Qu'est-ce qu'on dit ?

— Merci maman.

Contre lui il serre Martin. C'est mémé qui a dit qu'il fallait l'appeler comme ça parce que tous les ours s'appelaient Martin.

Il lui parle à l'oreille et Martin lui répond par une petite chanson, la seule qu'il connaisse mais c'est suffisant. Petit Jean en sait par cœur les paroles et les chante avec lui.

Frère Jacques
Frère Jacques

Il aimerait bien avoir un petit frère qui s'appellerait Jacques et qui jouerait avec lui. De temps en temps il s'imagine qu'il a ce petit frère et il lui parle.

« Qu'est-ce que tu as à parler tout seul », dit maman. Mais il ne parle pas seul. Il parle avec son frère Jacques.

Sonnez les matines
Sonnez les matines

Petit Jean ne sait pas ce que Martin veut dire. Ce sont des mots mystérieux qui appartiennent à l'ours. Mais ils chantent en chœur :

Ding ding dong

Maman crie à travers la porte :

— Oh, arrête avec cet ours ! Qu'est-ce qui m'a prise de te l'acheter !

Martin, frère Jacques et petit Jean se sont tus.

— Et puis surtout ne le fais pas chanter quand papa est là !

— Oui, maman. Il saurait que tu me l'as donné et il ne serait pas content.

Bruits : vaisselle, rires, paroles, télévision... j'aime bien regarder les dessins animés. Mais dans le placard il n'y a pas de place pour Tom et Jerry ni la panthère rose que petit Jean dessine, du bout du doigt, sur le tableau noir de la porte.

— Qu'est-ce qu'il a à gratter contre la porte ? Ce qu'il peut être exaspérant !

— Ça fait vingt-quatre heures qu'il est enfermé. Tu ne veux pas qu'on lui ouvre ? Il faut qu'il mange.

— Passe-lui un bol de soupe et un morceau de pain. C'est bien assez pour un gosse qui...

La lumière électrique entre avec la soupe comme tout à l'heure celle du jour est entrée avec Martin. C'est chaque fois comme s'il en restait un peu dans le placard. Il semble à petit Jean qu'il fait moins obscur. Il mange, à genoux sur le matelas, la soupe épaisse qui a le goût, l'odeur, la chaleur du soir dans la cuisine.

Cette nuit il sera très sage. Il cherche à tâtons le pot de chambre pour se rassurer... et demain matin le papa qui n'est pas ouvrira la porte du placard et maman serrera petit Jean contre elle. Comme si elle voulait le faire rentrer dans son ventre : ces neuf mois dont il ne se souvient plus et qu'il voudrait tant retrouver. Un ventre où il vivait heureux, il le sait. Maman lui a expliqué qu'elle l'y avait mis, lorsqu'il était tout petit, pour le protéger. Elle lui a montré dans un livre d'images une grosse bête avec son petit dans son ventre comme moi dans le ventre de maman ; mais le petit avait sa tête dehors, c'était amusant.

Le kangourou dans le noir du placard, comme un dessin animé qui fait rire petit Jean.

— Tu l'entends ? Il rit tout seul dans son placard... il est fou, ou il se fout de moi ?

Enfermé dans le ventre de maman comme dans un placard dont il ne pouvait pas sortir...

Il n'y a plus qu'à jouer à... Le placard est le ventre de maman !

LE NEUVIEME JOUR

Le jour est venu. Le dernier jour du neuvième mois où l'enfant veut émerger de l'humide chaleur maternelle. Et la mère hurle et elle crie parce que sa chair tout entière est meurtrie par cette fuite, par ce détachement inexorable, par cet avatar cruel. Mais l'enfant ne veut plus être en elle et il fonce de toutes ses forces.

Il y a cinq ans de cela.

De toutes ses forces, à coups de poing, à coups d'épaule, à coups de pied, à coups de cœur, fonce petit Jean contre la porte fermée qui refuse de le laisser sortir. Une porte comme un ventre qui le retiendrait prisonnier. Et de l'autre côté de cette paroi qu'il tente de violenter il entend sa mère gémir et pleurer ses douleurs.

— Laisse-le sortir. Cela fait neuf jours qu'il est enfermé là-dedans... ce n'est pas une vie pour un enfant.

Maman, maman, elle veut aussi que je sorte mais c'est le papa qui n'est pas mon papa qui ne veut pas.

Il crie... le papa qui crie après maman c'est de ma faute.

Il vocifère tellement l'homme que petit Jean a mis ses mains sur ses oreilles et il s'est réfugié au fond du placard : abysse qui l'abrite mais n'empêche pas les clameurs de la colère d'arriver jusqu'à lui. Et son cœur bat si fort, si fort il bat que le papa qui n'est pas doit en entendre le boum boum, ça va lui faire peur.

— Neuf jours sans voir son museau de petit fouinard ! Neuf jours où j'ai pu baiser sans craindre de le voir surgir, ce petit morveux... de quoi tu te plains ? Ce n'est pas moi qui te l'ai fait ! c'est pas mon môme. Alors ferme-la ou fous le camp avec lui si tu y tiens tellement !

Ma maman pleure, il la bat, je suis sûr qu'il bat ma maman, je le déteste...

— Tu l'entends... il va bientôt mettre la porte du placard en miettes à force de taper dessus. Ah ! il veut en sortir, eh bien, c'est moi qui vais l'en sortir et tu vas voir la dérouillée qu'il va prendre.

— Non, Paul, non, laisse-le... tu es capable de le tuer quand tu es furieux comme ça !

Un bruit sec suivi d'un gémissement : « Oh ! tu m'as fais mal. »

Mal ! Il a tapé sur maman. C'est une gifle et c'est à cause de moi. Je ne dirai plus rien mais je ne veux pas qu'il tape ma maman.

— Eh bien, tu vois : il se tait.

Petit Jean pleure en retenant ses sanglots. Pas faire de bruit pour que maman soit pas battue. Recroquevillé derrière la porte, dans cette raie de lumière horizontale, cette toute petite corde de clarté jetée dans ce puits noir, qu'il tente de tirer avec ses doigts.

— Je t'en supplie, Paul, ne pars pas. Tu sais bien que je ne pourrais pas vivre sans toi. Tu feras ce que tu voudras avec le petit, mais reste, reste...

La voix de maman c'est comme la nuit quand elle joue avec le papa qui n'est pas mon papa je le déteste.

Maintenant ils rient tous les deux. Il l'embrasse. Mai aussi j'embrasse maman quand j'ai été méchant ! Ça fait mes deux mains moins un doigt que maman ne m'a pas embrassé.

Il n'y a plus personne dans la pièce. Seul, le grésillement de la soupe oubliée sur le feu.

— *Pourquoi tu ne le supportes pas, cet enfant ?*

— *Ce n'est pas lui, c'est le bon Dieu de salaud qui te l'a fait ! Chaque fois que je le regarde j'y pense.*

— *Tu n'es quand même pas jaloux du passé ? C'était fini avant que je te rencontre !*

— *Ce n'est pas fini puisqu'il y a le môme.*

— *Sois pas bête !*

— *N'empêche. Cet homme, il t'a baisée avant moi. Il t'a fait jouir. Il t'a fait un enfant !*

Elle rit doucement, passe sa main dans le poil bouclé de la poitrine.

— *Tu es beau ! Jamais je n'aurai cru qu'un homme nu pouvait être si beau... Quand on est habillé ce n'est pas pareil ! Non... laisse-moi maintenant, je ne peux plus !*

— *Si, tu peux encore ! Tu vois bien...*

Maman crie dans sa chambre. Je l'entends crier. C'est le faux papa qui la bat.

Tout en petit Jean n'est que souffrance et douleur qui se durcissent et deviennent haine.

— N'empêche ; tu t'es bien fait faire un enfant ! Il ne t'était donc pas aussi indifférent que tu dis.

— J'avais envie d'avoir un petit, de le bercer dans mes bras. Pour moi c'était mieux qu'un homme !

— Tu vois que tu préfères ton gosse à moi !

— Oh ! il faut toujours que tu prennes les choses de travers... Alors qu'il n'y a que toi qui comptes dans ma vie. Est-ce que sans ça je t'aurais laissé enfermer petit Jean dans le placard ? Pauvre môme, ça fait plus d'une semaine qu'il y est ! Et moi je ne dis rien... ce n'est pas une preuve d'amour, ça ?...

La raie de lumière s'est sauvée des mains de petit Jean.

A tâtons, dans le vide immense du noir qui devient de plus en plus grand, et puis soudain se referment les parois du placard et serrent entre elles petit Jean jusqu'à ce qu'il se sente écraser et puis tomber dans le trou du puits. Cette peur peuplée de monstres, qui lui serre la gorge. L'immense cri qu'il retient. Si le papa m'entend il battra maman... mais j'ai peur maman ouvre-moi s'il te plaît.

Ce sont des mots sans voix, des mots que personne ne peut entendre.

Au fond de l'abîme il y a la couverture du chiot. Elle est chaude ; petit Jean s'entortille dedans. Qu'est-ce qu'il est devenu le chien ? Un jour il a disparu, peut-être est-il avec mémé. Elle aussi... Il avait une oreille noire et un bout de queue qui remuait tout le temps. Je l'aimais bien, il me léchait...

Le chiot disparaît dans l'eau noire du puits. Il ne

faut pas que petit Jean l'y poursuive, il s'y noierait avec lui... mais l'ours Martin le retient, l'empêche d'y tomber. Petit Jean y cramponne sa peur, son immense, sa gigantesque peur. C'est Martin maintenant qui a la peur de petit Jean et celui-ci doit le rassurer. N'aie pas peur Martin je te tiens la patte comme maman me tenait la main quand j'étais tout petit et que j'avais peur la nuit. Martin est rassuré. Ils s'endorment serrés l'un contre l'autre dans la couverture du petit chien.

— Tu dors, petit Jean ?

C'est la voix de maman. Maman, mamaman je t'aime.

— Je vais t'ouvrir pendant que papa n'est pas là ; mais il ne faudra pas lui dire.

— Il te gronderait très fort comme tout à l'heure ?

Elle rit maman :

— Tout à l'heure c'était hier, maintenant c'est le matin et, mon Dieu, j'ai oublié de te donner à manger hier soir. Oh, cet homme, il me fait perdre la tête !

Le bruit de la clé tournant dans la serrure. La porte sur la lumière qui fait mal aux yeux. Petit Jean met ses doigts devant et puis les écarte peu à peu pour y laisser entrer toute la cuisine.

C'est beau la maison, le visage de maman, elle me sourit.

— Je ne suis plus puni...

— Si, tu es toujours puni tant que tu n'auras pas demandé pardon à papa.

— Ce n'est pas mon papa, je ne veux pas lui demander pardon.

— Tais-toi, veux-tu te taire ou... Je lui désobéis

moi aussi, il ne faut surtout pas qu'il sache, mais c'est ton anniversaire aujourd'hui. Tu as cinq ans. Tu es un grand garçon, tu dois comprendre des choses.

Des choses... quelles choses ? Je ne veux pas être un grand garçon, je veux être un bébé dans le ventre de maman.

Petit Jean regarde les casseroles brillantes, la table où fume un bol...

Du café au lait comme avant et une grande tartine de confiture.

— Tu peux manger, c'est pour ton anniversaire, mais après...

— Je n'ai pas fait pipi au lit, maman.

— Oui, c'est bien, mais papa...

Le café au lait chauffe délicieusement la bouche, l'estomac de petit Jean, ses mains qui tiennent le bol.

— ... lui demander pardon, alors, peut-être !

Maman m'embrasse elle n'est plus fâchée.

— Si tu es bien sage je t'ouvrirai de temps en temps la porte.

Maman que j'aime tant, l'année dernière pour mon anniversaire j'avais eu Martin, oh maman embrasse-moi encore.

— Chut ! ça suffit... maintenant que tu as fini ton déjeuner tu vas rentrer bien sagement dans le placard. Tu ne pleureras pas, tu me le promets.

— Oui, maman.

C'est le plus bel anniversaire de petit Jean. Plus beaux que l'ours, le sourire et les baisers de maman. Il les emporte avec lui. Aussi la lumière qui vient de la fenêtre et l'odeur du café et la confiture qui sucre ses lèvres, poisse ses doigts. C'est tout cela que maman enferme avec lui dans le placard.

Je ne pleurerai pas, je l'ai promis à maman et le papa qui n'est pas mon papa m'ouvrira la porte et je sortirai et maman me fera un câlin grand comme ça.

Dans son bonheur il serre très fort l'ours Martin. Tout à l'heure — demain — il a serré — il serrera — le cou de ma maman tout pareil.

L'AVENT

Nuit est le placard. Du noir épais, dense comme l'encre des calmars, avec des ventouses qui se fixent sur petit Jean et l'attirent vers le monstre qui habite l'abîme de la nuit.

Mais il lui échappe en mettant ses poings sur ses yeux. Bien serrés pour y conserver la lumière éclatante de la cuisine et le sourire de maman : un sourire comme la lumière. Ses yeux le piquent mais il ne pleurera pas parce qu'il l'a promis à maman. Ma maman qui a dit c'est ton anniversaire. L'anniversaire c'est le jour où je suis sorti d'elle. C'est pour ça qu'elle m'a fait sortir du placard où je suis enfermé comme dans son ventre. Je suis dans le ventre-placard pour que je ne me fasse pas mal. Non, parce que je suis puni.

Le petit Jésus est né à Noël. Avant c'était l'Avent a dit mémé : on attendait l'enfant Jésus.

Comme maman attendait le faux papa. Il est venu habiter avec nous pour Noël. Maman a mis mon lit dans la salle à manger et c'est le nouveau papa qui couche dans sa chambre à elle. Il a pris ma place dans la chambre de maman je le déteste.

Une pensée effleure petit Jean qui l'inquiète : je n'ai pas fait ma prière. Le bon Dieu va me punir lui aussi. C'est mémé qui m'a appris :

« Tu te mets à genoux devant ton lit avant de te coucher, et tu fais ta prière : Notre père qui êtes aux cieux... Répète.

« Mon papa qui

« Mais non. Notre Père c'est le bon Dieu.

« C'est pas mon papa ?

« Non... »

Puisque mémé le dit. Elle a raison, dit maman, mémé a toujours raison. Elle aussi elle dit mémé parce que ce n'est pas sa maman mais la maman de sa maman. Sa maman à ma maman elle est au ciel avec le bon Dieu. C'est loin le ciel. « Un jour tu iras aussi si tu es bien sage », a promis mémé. Mais petit Jean aime mieux aller à la tour Saint-Jacques. C'est un grand jardin, grand comme la ville tout entière, où il joue avec les cochons de saint Antoine. Qui c'est saint Antoine ? Petit Jean a vu des images avec un berger qui gardait des moutons. Saint Antoine est un berger puisqu'il garde des cochons, c'est pareil même si les moutons sont grands et les cochons tout petits petits.

Il rit de bonheur. Lui aussi est berger puisqu'il joue avec les petits cochons.

— Qu'est-ce que tu feras quand tu seras grand ?

— Je serai berger.

— Berger... où est-il allé chercher ça ? C'est marrant les gosses... Ça a des idées... on ne sait pas d'où ça leur vient !

Petit Jean appuie ses poings sur ses yeux. Comme ça en pensant très fort il peut traverser la porte du placard et entrer dans le jardin où mémé sourit en tricotant. Il aime mémé presque autant que maman. Il a sa mesure étalon : j'aime mémé comme quatre morceaux de sucre et maman comme cinq. Au-dessus de cinq il ne sait pas. C'est un infini qu'il n'a pas encore exploré.

Il joue avec une voiture que lui a donnée son vrai papa. Il est grand. Il est fort. Il a une grosse moustache qu'il frotte contre les jcues de petit Jean. Il dit « mon petit bonhomme » en le tenant très haut en l'air dans ses bras. Il ne vit pas avec maman et petit Jean mais il vient souvent et c'est la fête. Il apporte des gâteaux, du vin qui pétille. Il en mouille son doigt qu'il passe sur les lèvres de petit Jean et ça le fait éternuer.

Tout ça c'était avant l'arrivée du faux papa et maman me prenait sur ses genoux et m'embrassait et elle me couchait avec elle dans son lit quand je pleurais.

La voiture roule toute seule et puis elle fait une cabriole comme les voitures à la télé, alors il faut la remettre droite et elle repart jusqu'à une autre cabriole et mémé dit : « Mets un cochon de saint Antoine dedans. Ça fera comme un passager. » Mais c'est un secret avec mémé quand maman est là il ne faut pas parce qu'elle gronde, c'est sale !

Les yeux fermés sur l'aujourd'hui, petit Jean ne sait plus très bien si c'est la réalité qu'il voit derrière ses mains. Il craint s'il ouvre les paupières de retrouver le noir-peur du placard et que disparaissent le soleil et la petite auto et mémé.

« ... Il est parti en voyage, a dit maman, et il ne reviendra plus jamais ! » Et elle a tapé sur la table et elle était toute rouge et puis toute pâle et elle a dit... non, ça c'était un autre jour : « Il ne faut plus parler de ce papa-là, petit Jean, tu en auras bientôt un autre... » Et elle a ri et elle serrait petit Jean dans ses bras mais il s'en échappe, il repousse maman. Il sait qui sera l'autre papa. Il est là depuis que son vrai papa est parti en voyage, loin. C'est où loin ? Le faux papa vient tous les jours mais il ne prend pas petit Jean dans ses bras. Il lui donne une tape sur la joue et il dit « va jouer » et il l'enferme sur le palier.

Et puis il est venu habiter avec maman et petit Jean, et maman était si heureuse que petit Jean a été heureux, mais son cœur ne l'était pas et mémé ne venait presque plus et le nouveau papa a envoyé un coup de pied au petit chien qui voulait jouer avec les lacets de ses chaussures et il a dit : « Fais-moi disparaître ce cabot. Je ne veux plus le voir quand je rentrerai du travail. » Petit Jean a pleuré mais il était très en colère parce que c'est mon chien a-t-il crié, il n'est pas à toi, tu n'as pas le droit. Et le faux papa a levé la main et a crié aussi : « Tu veux une taloche ? » Et maman l'a saisi par le bras et a dit : « Ne te fâche pas » et elle a emmené petit Jean au square où mémé l'attendait. Mais quand mémé l'a ramené le soir à la maison : « Tu es un grand garçon, tu peux monter l'escalier tout seul... » il n'y avait plus le chien. Petit Jean l'a cherché partout. « Il est parti, a dit maman, il reviendra. » Petit Jean savait bien que ce n'était pas vrai et que c'était le faux papa qui l'avait fait disparaître.

Il tient le petit chien dans ses bras, mais c'est Martin qui est devenu chien et tout s'embrouille.

Un jour que le papa qui n'est pas le vrai papa avait envoyé petit Jean sur le palier « va jouer », il a descendu l'escalier pour aller à la tour Saint-Jacques retrouver mémé. Mais il y a une voisine qui l'a pris par la main et a dit : « Où tu vas comme ça ? Il faut remonter chez tes parents, voyons ! » Petit Jean n'a rien osé répondre parce que c'était une grande personne et elle le tenait pour qu'il n'aille pas rejoindre mémé. Elle a sonné chez maman et elle a dit quelque chose que petit Jean n'a pas compris, mais le faux papa s'est mis en colère : « De quoi vous mêlez-vous ? » Il a fait rentrer petit Jean « petit voyou » et il a fermé la porte en laissant la dame sur le palier. Et puis il a secoué petit Jean en disant : « Que je t'y prenne à aller pleurnicher chez les voisins... on a l'air de quoi ? » Mais maman avait ses yeux tristes : « Je te l'avais bien dit » et le papa a gueulé qu'il était chez lui.

C'est pas vrai, il est chez maman.

LA PEUR

Sortant de toutes les parois, gonflant ses plumes d'angoisse comme un oiseau noir... petit Jean en avait vu un jour en allant chez marraine. Elle habite la campagne. « On ira un dimanche », dit maman. Il y avait de gros oiseaux noirs, pas des pigeons, les pigeons il sait. Il y en a dans le square de la tour Saint-Jacques et on leur jette du pain et ils viennent le chercher entre les pieds et cela fait rire petit Jean quand mémé leur en donne, mais ces oiseaux chez marraine : « J'ai peur maman ils sont méchants. — Non, bêta, ce sont des corbeaux. » Et mémé lui avait pincé le bout du nez. « Une petite bête n'en a jamais mangé une grosse. »

Mais dans le placard l'oiseau est perché sur le matelas, invisible et si gros, si gros qu'il n'y a plus de place pour petit Jean si petit qu'il se tasse. Il essaie de se réfugier dans un coin, contre une vieille robe qui sent encore maman. Mais la peur est là aussi, douceâtre, sournoise, insinuante, tapie contre le mur. Seule, la robe dans laquelle il enfouit son visage peut l'en protéger.

La peur s'allonge, sa tête chercheuse tâtonne à la quête de petit Jean. Il ne sait jamais quand elle va sauter sur lui, s'agripper à ses jambes pour le faire tomber. Il a peur de la peur qui monte un mur de cachot autour de lui. Un cachot dont il ne pourra jamais s'évader, prisonnier de ce couloir de panique.

A présent le placard se creuse en gouffre où il va tomber s'il bouge et dedans se cache une immonde bête dont les tentacules s'accrochent à lui, le tirent vers le corps de l'animal pour l'étouffer ; une bête grouillante qui se multiplie à l'infini devient cent, mille têtes visqueuses. Araignées. Petit Jean crie quand il voit une araignée. Il ne criera pas malgré toutes ces bêtes qui courent sur lui, il a promis à maman. Mais le silence hurle sa terreur.

Elles laissent sur lui des traînées de peur comme des traînées de sang. Un jour il s'était coupé et le sang était tombé par terre en larges gouttes.

Ses lèvres s'entrechoquent :

— Maâman...

Il tâte la nuit, se cognant aux parois du puits-placard.

Cruelle est l'ombre. Sans méchanceté, pareille à une pieuvre dont les ventouses suceuses entraîneraient petit Jean dans le fond de l'abîme sans même s'en apercevoir.

Immobile, aveugle, sourde, muette, mais si présente partout. La Peur intense, gluante, tapie comme un animal malfaisant. La Peur noire. Champignon. Serpent. Vénéneuse. Venimeuse.

Petit Jean est recroquevillé au creux de cette peur, mouche dans la toile, attendant que son cœur s'arrête de battre.

Elle est gigantesque. D'un gigantisme sans fin et sans début. Elle emplit le placard, l'agrandit aux dimensions des galaxies — Eternité — ou le rapetisse, à son gré, pour y étouffer petit Jean. Grande comme le ciel et ses millions d'années-lumière qu'il ignore, ou se faisant toute petite comme lui qu'elle enserre, étouffe, prend à la gorge, prend au corps, et il pleure de terreur à sanglots refoulés, en longs cris muets.

Sans qu'il s'en aperçoive la peur était entrée aussi en petit Jean. Elle s'était glissée subrepticement dans son corps, l'envahissant, se faisant ses jambes, ses bras, sa tête, tout lui. Plus forte, plus puissante que les sanglots, les refoulant, prenant leur place et petit Jean était figé sur place, les yeux secs, la gorge sèche, les mains moites, tout le corps transpirant la Peur, tâchant, en grosses gouttelettes de sueur, de la faire sortir de lui. Mais elle était là, bien installée, bien au chaud. Rat. Et rien ne l'en ferait bouger.

La Peur était en lui et hors de lui, l'emplissant tout entier, ne faisant qu'une seule chair avec lui, et le prenant dans ses bras, l'enlaçant jusqu'à l'étouffer quand il se réfugie dans la vieille robe de maman dans laquelle elle joue maintenant à se cacher ; la robe n'est plus assez forte pour lutter contre la Peur.

Il tremble si fort, petit Jean, qu'il doit ébranler le placard, la cuisine, la maison. Le papa qui n'est pas va l'entendre trembler et il ouvrira la porte pour le battre. Alors petit Jean verra la lumière de la cuisine qui chassera la Peur. Il tremble tellement fort, ses dents claquent si fort, qu'il est impossible que...

Mais personne n'entend ses frissons. Le papa qui et maman sont sortis.

Alors petit Jean ose pleurer, et son tremblement cesse peu à peu parce que ses larmes éloignent la Peur et le consolent en l'emportant vers le sommeil où rient maman et mémé et où papa, le vrai

Ce sont ses chuintements et ses murmures ricanants qui l'ont éveillé. La Peur est accroupie au chevet de petit Jean guettant son réveil, son mufle de bête ignoble soufflant son haleine puante sur lui.

De toutes ses forces, il essaie de rentrer dans le matelas, dans le sol, là où la Peur ne pourrait le joindre.

Peur : pipi ! et autre chose aussi. Le ventre de petit Jean fait des bruits comme lorsque j'ai été malade et que j'allais tout le temps sur le pot et que maman avait fait venir le docteur...

L'odeur pestilentielle de la Peur sort du ventre de petit Jean.

L'OREILLE

Il entend les bruits, les pas, les mouvements de sa mère, le remue-casseroles, comme avant il entendait les gens passer dans la rue, leurs voix qui montaient, entrer par la fenêtre, et le freinage des autos, l'aboiement d'un chien. Ces bruits extérieurs à la vie de petit Jean c'étaient maintenant ceux de la cuisine. Mais en collant le nez à la fenêtre, il attrapait un visage sur le trottoir, un chien qui courait, une voiture qui se rangeait... En été la fenêtre était ouverte et il voyait mieux. En hiver c'était vite le soir qui cachait tout. Mais ici, dans le placard, il a beau coller sa joue contre la porte et écarquiller les yeux, il ne voit rien.

Alors il écoute... Il regarde les bruits.

Son oreille est devenue un œil de l'ombre. Il la tourne vers le son de la voix maternelle comme il tournait son regard vers son visage, son sourire. Mais parce qu'il ne doit pas faire de bruit sa bouche est devenue muette, pareille à une pierre qui ne pourrait pas parler.

Avec mémé un jour il est allé dans un jardin et il

y avait un gros poisson la bouche ouverte comme s'il parlait, mais ce n'étaient pas des paroles, seulement de l'eau qui en sortait. C'était amusant. Mémé a dit : « C'est un dauphin. »

Si petit Jean ouvre la bouche sans parler, est-ce que de l'eau en sortira aussi ? Il essaie. Un peu de salive coule sur son menton, qui le fait rire.

Jour, Nuit : Noir. Petit Jean sait qu'il est midi et puis le soir parce qu'il voit les bruits que fait maman. Son oreille regarde tous ses gestes. Il sait aussi quand le papa qui n'est rentre. Pas toujours à midi. Alors petit Jean déjeune seul avec maman comme avant. Il mange les mêmes odeurs. Elle ne peut pas lui ouvrir la porte car le faux papa en emporte la clé, mais elle lui parle.

— Si tu es bien sage, petit Jean, alors...

— Oui, maman.

Aujourd'hui elle a dit, et sa voix était triste comme si elle avait pleuré :

— Tu ne t'ennuies pas trop ?

— Non, maman, pas quand tu es là.

— Tu n'as pas fait de saletés sur le matelas au moins... parce que si... justement, la fois dernière — pipi et la grosse commission —, papa avait dit qu'il allait te pardonner quand... Pourquoi faut-il toujours... on dirait vraiment que tu le fais exprès.

— Je ne le ferai plus, maman.

— Tu ne sais dire que ça !

Les bruits comme des images que son œil perçoit par son oreille : l'eau qui coule dans l'évier, un bruit clair de porcelaine. Maman fait la vaisselle. Elle a mis un tablier pour ne pas salir sa robe. Sur le tablier il y a

Snoopy — il ressemble à mon petit chien — et des mots que petit Jean ne sait pas encore lire, mais il reconnaît les lettres. Il les suit avec le doigt sur la porte du placard. Celle-ci qui tourne c'est un S et cette autre un O. Son ongle la trace bien ronde pour qu'elle soit jolie comme mémé lui a appris et maman a dit : « Que mon petit garçon écrit bien ! »

Il entend-voit maman qui prépare le dîner. Elle est seule et chantonne un petit air gai, on l'entend souvent à la radio. A bouche close petit Jean le fredonne avec maman. Il aime quand maman chante, c'est que tout va bien. Maman. Il sourit à la chanson.

La porte d'entrée qui claque, c'est le papa qui vient d'entrer. L'oreille de petit Jean regarde la voix de papa qui n'est pas mon papa. C'est une voix méchante avec des yeux noirs et des cheveux courts et tout plats. Ceux de mon vrai papa étaient je ne me souviens plus mais c'était joli. Le faux papa est laid. Il tire la chaise très fort.

— Le dîner n'est pas encore prêt ?

Il est de mauvaise humeur. Il dit des gros mots. Je n'ai pas le droit de les dire. Un jour j'ai dit... et maman m'a donné une gifle, j'ai pleuré.

Maman a cessé de chanter. Elle se dépêche pour ne pas se faire gronder.

— ... j'ai faim !

J'ai faim, pense petit Jean. Depuis quand maman ne lui a pas donné à manger ? Il ne sait pas. Hier, aujourd'hui, c'est pareil depuis qu'il n'y a plus la lumière pour savoir le jour la nuit et puis un autre jour une autre nuit. Avant aussi, il savait : hier je suis allé au square avec mémé j'ai joué avec ma petite voiture. Aujourd'hui maman m'a emmené avec elle faire les courses. La marchande lui a dit : « Comme vous avez un joli petit garçon, et sage avec ça ! » Maintenant, hier aujourd'hui demain tout est pareil : un placard et l'obscurité.

Le bruit des cuillères. Ils mangent la soupe. Le papa qui n'est pas racle l'assiette vide et il essuie son menton avec sa serviette.

Petit Jean entend-voit la table mise, la chaise repoussée. Maman rit. Il l'embrasse. Petit Jean aussi voudrait faire un gros bisou à maman. J'ai faim.

Le bruit de la porte du four. Le morceau de viande que maman découpe. C'est bon la viande maman va m'en donner une tranche comme ça.

Il écarte ses mains jusqu'à ce qu'elles touchent les murs du placard.

Le bruit, les bruits que l'on voit par l'oreille. Un jour dans la rue il y avait un monsieur avec une canne blanche. Il agitait la canne devant lui comme si elle dansait et ça a fait rire petit Jean. Mémé l'a grondé :

Ne ris pas. C'est un aveugle. Il ne voit pas.

Petit Jean a fermé ses yeux à lui pour savoir comment c'était quand on n'en avait pas. C'était noir et rouge à l'intérieur des paupières. Aujourd'hui c'est le placard qui ferme ses yeux et tout est noir aussi et c'est l'oreille de petit Jean qui voit.

Il marche comme le monsieur aveugle les mains tendues devant lui pour ne pas se cogner. Il est aveugle lui aussi puisque tout est noir sauf la corde de lumière sous la porte. Il sait que c'est le jour quand elle s'allume elle n'a pas la même couleur quand c'est l'électricité et la nuit elle est éteinte.

Il a compté les cordes de lumière sur ses doigts pour savoir depuis combien de jours il est enfermé dans le placard, mais il y a plus d'une main, peut-être deux fois une main. Il s'embrouille et ne sait plus.

La porte du réfrigérateur claque sur la viande qui reste sans que maman donne-m'en une tranche j'ai faim.

— Maman !

Mais elle n'entend pas le murmure si bas qui hurle dans le placard si fort que petit Jean a peur que le papa qui n'est pas se fâche et il se tait, se tait tandis que son oreille voit la porte de la cuisine qui se ferme, celle de la chambre de maman qui s'ouvre.

Et puis un bruit de pas précipités...

C'est maman qui revient. Elle ouvre le noir du placard sur le noir de la cuisine, mais celui-ci est éclairé par la lumière de la rue et ce n'est pas l'oreille mais le regard de petit Jean qui devine le bol dans les mains de maman.

— Je t'ai gardé de la soupe...

Il a le bol dans les mains tandis que la clé tourne dans la serrure et que maman, vite, vite, retourne dans la chambre où elle va jouer avec le papa.

SEIZIEME JOUR. MATIN

Maman est entrée dans la cuisine. C'est le matin et le papa qui n'est pas le vrai papa est encore au lit puisqu'elle a dit à mi-voix :

— Bonjour, petit Jean.

Petit Jean qui dormait, Martin serré dans ses bras... C'est un réveil merveilleux ! Quelques millièmes de seconde il a cru qu'il était dans son lit et qu'il faisait sombre parce que maman n'avait pas encore ouvert les volets de la salle à manger.

Il peut parler puisque maman lui a dit bonjour et qu'elle est seule.

— Bonjour, ma maman.

Il fait un bruit de baiser. Sa main touche la porte d'où s'écarte la Peur qui a peur de maman et s'en va quand elle entend sa voix. Comme ça, les doigts bien plaqués sur la porte — il y a une grosse écharde qu'il faut éviter pour ne pas se griffer — il est plus proche de maman. Il dit sans le vouloir :

— Maman, j'ai faim.

— Oh ! que tu peux être agaçant à toujours réclamer quelque chose... tu ne pourrais pas attendre.

Rapidement, le temps d'un éclair, l'entrebâillement de la porte — même pas le temps d'apercevoir maman — un morceau de pain a été jeté sur le matelas.

— Je te donnerai à boire tout à l'heure.

Tout à l'heure c'est quand le papa sera retourné dans la chambre pour s'habiller ou plus tard quand il sera parti au travail.

Il vient d'entrer dans la cuisine. Il est de bonne humeur.

— Ça sent bon le café !

Ça sent bon le café pense aussi petit Jean.

Il mord dans le morceau de pain et cherche dans sa bouche le goût d'autrefois du beurre.

Bruits familiers : celui du café versé dans un bol, de la cafetière que l'on repose, des paroles tu veux encore... oui... d'un petit rire de maman. Le pain est tendre et bon. Il sent le café au lait, le matin, le plaisir du petit déjeuner. Petit Jean garde le dernier morceau dans sa main, longtemps avant le regret de l'avoir fini.

Il a soif mais maman est repartie dans la chambre avec le papa qui. Il n'aura pas à boire donc avant que la porte ait claqué pour dire que le papa est parti.

Maman ira faire ses courses un peu plus tard, mais peut-être pensera-t-elle à donner à petit Jean... un verre d'eau, un peu de café au lait ? Il passe sa langue sur ses lèvres pour y retrouver le goût du matin. Peut-être. Quand maman passera par la cuisine il l'appellera. Puisqu'elle lui a parlé ce matin c'est qu'elle n'est plus fâchée contre lui. Elle ne le grondera pas.

— Maman !

— Oui !

Elle a ouvert la porte en grand sur la lumière. Les paupières de petit Jean clignotent. Il se tourne vers le fond du placard pour échapper à cette brutalité qui lui frappe les yeux comme une gifle.

Maman s'est reculée. Fronce le nez.

— Tu as encore fait des sottises !

— Non, maman, je te promets.

— Alors, c'est ton pot. Bon, je vais le vider. Oh ! les gosses...

Il est seul dans le placard, la porte ouverte. Maintenant il peut regarder la lumière. La cuisine étincelle de soleil. Les bruits montent de la rue, qu'il reconnaît. Le chien qui aboie c'est celui de la concierge. Il ressemble au mien mais ce n'est pas lui.

Petit Jean est devant le placard sans oser en sortir. Maman n'a pas donné la permission. Elle va revenir. Alors elle dira : « Petit Jean, tu peux... » Déjà deux fois, non une, depuis qu'il est puni, c'est aujourd'hui la deuxième fois, quand le faux papa a oublié d'emporter la clé.

Une odeur d'eau de Javel annonce maman.

— Il faut que j'aère, sinon même la porte fermée ça va sentir jusque dans le cuisine. Qu'est-ce que tu attends debout devant la porte. Allez, sors...

Il sort du placard. Martin dans ses bras.

— Laisse cet ours. C'est toi qui pues ! Mais comment fais-tu pour sentir aussi mauvais ? Pauvre gosse, c'est pas de ta faute. Si. Tu n'avais qu'à ne pas le mettre en colère. Si tu avais été sage on n'en serait pas là ! Tu crois que ça me fait plaisir de te savoir enfermé toute la journée. Enfin, tu es devenu propre, c'est déjà ça. Après tout il n'avait pas tort en disant qu'il fallait mais maintenant... Allez, viens que je te débarbouille.

Petit Jean avance dans la cuisine, les yeux écarquillés pour bien tout voir. Il se frotte les yeux de la main parce qu'ils le piquent un peu.

Maman est là qui le regarde :

— Alors, tu ne m'embrasses même pas ! Ce que ça peut être ingrat, un môme !

Il s'est jeté dans ses bras.

— Maman, mamaman, oh ! je t'aime tant tant.

— Bon, là, ça suffit. Faut toujours que tu exagères ! J'ai dit ça suffit. Lâche-moi cet ours et viens à l'évier.

L'eau coule en faisant un bruit de rire.

— Enlève cette chemise. Pouah ! ce qu'elle peut sentir mauvais... Et le matelas !

Petit Jean est tout nu tandis que maman sort le matelas, ouvre la fenêtre. Le froid le chatouille. C'est bon. Maman secoue la couverture du petit chien dans la rue.

— Si la concierge me voit !

Laisse le matelas à cheval sur le rebord de la fenêtre, revient vers petit Jean, attrape un gant de toilette, le savonne, le passe sur petit Jean. Partout. Dans la main de tissu il y a la main de maman qui frotte le corps, le visage de petit Jean. Elle lui met du savon dans les yeux, les oreilles.

— Oh ! tes ongles... et tes cheveux ! Tu as l'air d'une fille. Attends que je prenne mes ciseaux.

Les ciseaux coupent, net, les cheveux qui tombent sur les épaules, la figure de petit Jean, lui font cligner les paupières.

Il rit. Avant il n'aimait pas que maman lui coupe les cheveux. Il courait se cacher quand il voyait les ciseaux. C'était un jeu. Aujourd'hui c'est le contraire : se faire couper les cheveux est devenu le jeu.

— Te voilà lavé. Tiens, mets une chemise propre et un slip.

Vivement, elle jette le linge sale dans la machine à laver, marmonne : « Ce n'est pas la peine qu'il le voie. »

— Puisque tu as été gentil, ce soir je demanderai à papa de te pardonner.

— Oh oui maman je t'en supplie maman. Je ne le ferai plus jamais maman je te le promets.

— Enfin, on verra. Tiens, bois un peu de lait.

— Merci, maman.

C'est elle, c'est mamaman qui le serre dans ses bras...

Le téléphone sonne, qui arrache petit Jean à cet instant miraculeux.

— Ah, c'est toi, mémé ! Tu me téléphones du café en bas... Oui, tout va bien... Petit Jean aussi... Oui, bien sûr.

Maman met sa main sur le téléphone :

— C'est mémé. Elle veut te dire bonjour. Ne lui dis pas que tu es enfermé dans le placard. Ça lui ferait de la peine de savoir que tu n'as pas été sage.

— Oui maman.

Elle tend le récepteur à petit Jean. Le bonheur c'est ça. Il ne le savait pas. Autrefois c'était normal. Mémé téléphonait pour dire qu'elle viendrait le chercher, qu'elle l'emmènerait.

— ... au square, mémé ; on va y aller ? Oui, je vais demander à maman. Je t'embrasse très très fort.

Phrases de toujours qui ne prennent leur importance qu'à présent.

Il embrasse le téléphone.

— Oui mémé. Maman, mémé veut te parler pour m'emmener au jardin.

Maman est de mauvaise humeur. Pourquoi ? La vie a repris son cours. Il prend la petite voiture restée dans un coin de la cuisine, rit de joie.

— Mais non, mémé, je n'ai pas le temps de te l'amener. La semaine prochaine. Oui, c'est ça...

Elle raccroche, rageuse :

— Celle-là, il faut toujours qu'elle se mêle de ce qui ne la regarde pas !

— Maman, je vais aller au square avec mémé...

— Non. Tu es encore puni, tu le sais bien. Papa...

— Ce n'est pas mon papa...

Clac ! La gifle a claqué sur la joue de petit Jean et maman crie :

— Vous me rendrez folle, tous ! Combien de fois je t'ai dit...

Petit Jean caresse sa joue. Même une gifle ce peut être bon. C'est comme avant quand maman le grondait. Après elle lui pardonnait et elle l'embrassait. Est-ce que cette fois...

La porte du placard s'est refermée sur petit Jean.

— Et ne dis pas que je t'ai fait sortir.

— Je sais, maman. Le papa qui... Non, papa te gronderait.

LE SEIZIEME JOUR. SOIR

— Tu es sûre ?

— Certaine. le docteur

— Tu as été le voir ? Pourquoi tu ne me l'as pas dit ?

— Je voulais en avoir la certitude avant de te parler mais ça faisait deux mois que je n'avais pas eu mes affaires, alors...

— ...

— Tu es fâché ? Je peux me le faire passer si tu veux.

— Tu es folle ou quoi ? Un môme, un môme de moi ! Bon Dieu que je suis heureux !

— Une...

— Une fille ? Pourquoi tu dis que ce sera une fille ? Comment le sais-tu ?

— Le test... Le test du lapin qu'ils appellent. Ils injectent

— Une petite fille...

— Tu aurais préféré un garçon ?

— Ah non ! Les garçons j'en ai ma claque avec

celui-là ! Une fille ! Ah ! elle va être pourrie celle-là,... c'est moi qui te le dis !

Les mots parviennent à petit Jean, sans compréhension, pareils à tous les bruits, se fondant avec eux.

Le papa ne gronde pas maman. Il rit. Il embrasse maman. Peut-être c'est parce qu'il va me pardonner.

— Il faut qu'on fête ça. Je vais aller acheter une bouteille de mousseux. Non. Du vrai champagne !

Champagne. Mot magique qui arrive, clair, joyeux à l'oreille de petit Jean. Un soir, papa, le vrai, lui en avait fait boire un peu. « Juste une gorgée, petit Jean, sinon tu roulerais sous la table. » Ça lui avait chatouillé le nez et fait plein de bulles dans sa bouche. Et mon papa et ma maman avaient ri et s'étaient moqués de moi. C'est parce que petit Jean va être pardonné — Maman le lui a promis ce matin — que le faux papa est allé acheter du champagne.

Son oreille voit la porte d'entrée ouverte, fermée, et le papa qui descend l'escalier vite, vite...

— Maman, ma maman tu m'ouvres, dis ?

De bonheur, il trépigne dans le noir du placard qui va s'ouvrir sur la lumière.

— Qu'est-ce qui te prend, petit Jean ? Veux-tu bien te taire. Papa est sorti faire une course mais il va remonter et il ne sera pas content s'il t'entend.

— Mais il a dit que je n'étais plus puni, que je pouvais sortir du placard !

— Qu'est-ce que tu vas inventer ? Jamais il n'a...

Le champagne a menti. Ce n'était pas le champagne des fêtes, de la joie retrouvée, du bonheur... Tout était faux. Ce n'est pas juste ce mensonge du champagne ! Le champagne c'était la porte du placard ouverte, petit Jean sur les genoux de maman et il aurait dit :

« Papa, papa, je te demande pardon, je ne le ferai plus », et ce soir il aurait couché dans son lit dans la salle à manger, et

Un petit sanglot met fin à cette fable.

« Pauvre gosse... Ça fait plus de deux semaines maintenant. C'est quand même suffisant ! Lorsqu'il remontera je vais lui demander... aujourd'hui il ne peut pas me refuser ! Après tout c'est mon enfant lui aussi ! »

— Dire qu'il faut que tu me gâches toujours mon plaisir... et avec ce morveux, une fois de plus ! Juste le soir où je sais que je vais en avoir un, bien à moi celui-là... Puisque c'est comme ça il peut y rester dans son placard. Au moins je ne le vois pas. Ah ! les bonnes femmes, ça s'y entend pour emmerder leur homme !

— Mais, Paul...

— Ah ! tais-toi ! tu as foutu en l'air toute ma joie. Après tout tu m'as peut-être menti ? Qu'est-ce qui me prouve que... Pour faire sortir ton morpion et me le fourrer dans les pattes qu'est-ce que tu n'inventerais pas ?

Maman pleure parce qu'elle a demandé à le papa de me pardonner. C'est de ma faute si maman a de la peine.

LE VINGT ET UNIEME JOUR

Ce sanglot qui traîne aux quatre coins du placard, qui résonne contre les murs, se répercute dans le vide de l'abîme

ce sanglot éternel est petit Jean.

Et puis le silence du sanglot est rompu par un mot qui vient de la cuisine, que le papa a prononcé. Un mot d'espoir puisque c'est un nom.

— ... Mathieu.

L'oreille s'est ouverte. Elle écoute.

Bien serré dans les bras de petit Jean, Martin et, sous la couverture, l'auto qu'il avait prise le jour où maman l'a lavé et où mémé a téléphoné. Maman n'a jamais demandé qu'il rende la voiture. Il ne peut pas s'amuser vraiment avec. Dans le placard il n'y a pas de place pour qu'elle cabriole. Il peut seulement la faire sauter dans sa main ou rouler sur le matelas en la poussant.

— Ils viendront avec lui. On ne peut quand même pas leur dire de ne pas l'amener. Il va réclamer petit Jean. Qu'est-ce que tu veux faire ?

— Alors je ne peux plus recevoir mes copains !

Le papa tape sur la table, un verre tombe par terre, mais en petit Jean reste un vague et craintif espoir : Mathieu. Peut-être que s'il vient on me fera sortir du placard pour jouer avec lui.

— J'ai le droit de punir un môme, non !

— Mais c'est pas la peine qu'ils soient au courant.

— Ça ne les regarde pas, je ne te le fais pas dire ! Et puis il n'y a qu'à raconter que TON fils est chez la grand-mère.

Mathieu... agenouillé devant la porte du placard, petit Jean écoute. Vont-ils...

— Je peux l'y mettre si tu veux. Je te l'ai déjà proposé.

— Pour qu'elle aille rabâcher partout que je t'ai forcée à l'abandonner... c'est qu'ils font la paire ces deux-là !

Maman s'est levée vite vite. Je l'entends qui va aux cabinets.

Les bruits du silence, une chaise qui grince, le robinet qui goutte. Est-ce que Mathieu va venir ?

— Qu'est-ce qui t'est arrivé ?

— Mal au cœur... C'est normal au troisième mois.

— J'ai eu tort de crier. Dans ton état il faut que je fasse attention, mais tu sais bien que c'est sans méchanceté.

Maman a vomi. Elle est malade parce que le papa l'a grondée. Ma maman !

Dans les yeux de petit Jean les larmes comme de grosses gouttes d'eau qui voudraient couler sur ses joues. Il les retient. Il ne faut pas que le papa l'entende renifler, ça le fâcherait et il crierait après maman.

— On n'a qu'à dîner dans la salle à manger.

— Ça va les étonner, des copains ! Ils ont toujours mangé avec nous à la cuisine.

— C'est dangereux. Si le petit entend Mathieu... Mathieu !

— ... Il peut l'appeler. Tu sais, les enfants, on a beau leur faire promettre...

— D'ac. D'ac.

— Petit Jean, Mathieu va venir dîner avec ses parents.

— Oh oui, maman ! Et je pourrai sortir et jouer avec lui...

— Mais non, tu sais bien que...

— Je suis puni dans le placard, oui, maman !

— Et tu te tairas, parce que si on t'entend je serai obligée de dire que tu as fait pipi au lit !

— Oui, maman... je ne dirai rien. Même pas à Mathieu ?

— Non ! Surtout pas. Il est sage, lui. Qu'est-ce qu'il penserait de toi ?

« Ah ! ne pleure pas... écoute, je t'apporterai du dessert du dîner.

— Qu'est-ce que c'est ?

— Celui que tu préfères : de la glace à la fraise.

De la glace à la fraise ! Il y a longtemps que petit Jean n'en a pas mangé. C'est aussi loin qu'un dimanche ! Mais je voudrais tant jouer avec Mathieu. Ce serait encore meilleur que la glace.

— Pourquoi tu t'es donné tout ce mal ? On aurait aussi bien pu manger dans la cuisine...

— Avec le bruit de la machine à laver — je l'ai mise en marche sans penser — on ne se serait pas entendu.

Mathieu, crie la voix muette de petit Jean... Mathieu !

— Où est Jeannot ? je veux jouer avec lui !

— A la campagne, Mathieu, chez sa marraine !

— Ah...

Il est triste Mathieu. Il veut jouer avec moi. Moi aussi je veux jouer avec lui. Math... non, j'ai promis à maman.

— Ça lui fera du bien. Je lui ai trouvé...

Les mots arrivent comme ça dans le vide du placard, sans importance, sans intérêt.

— ... petite mine la

Les mots qui ne sont plus que des bribes de bruits que capte mal l'oreille inattentive.

Ils sont dans la salle à manger, autour de la table, ils mangent, j'ai faim, j'aurai de la glace, mais je ne verrai pas Mathieu. Pourquoi je n'ai pas demandé à maman de le laisser venir dans le placard ? Non, il aurait su que j'avais fait... il ne faut pas.

— ... Laisse-moi... vaisselle.

Vaisselle a été comme un cri dans le silence de la cuisine ! En même temps l'électricité a allumé le cordon de lumière sous la porte.

Maman m'apporte la glace qu'elle m'a promise : j'ai été bien sage, je n'ai pas parlé.

— Je n'ai pas à la faire ! Paul m'a acheté une machine.

— Ça c'est pratique, je voudrais bien que...

La porte du réfrigérateur se referme sur la phrase.

— Le café est prêt. Je l'ai gardé au chaud. Retournons dans la salle à manger. Les hommes doivent s'impatienter.

— Je prends les tasses.

Le dîner est fini. Je n'ai pas eu du dessert comme maman me l'avait promis. Elle a menti... menti. Elle ne m'aime plus.

Trottinement dans la cuisine. Mathieu qui s'ennuie et que les grandes personnes, tout à leurs paroles, ont oublié, cherche un jouet, quelque chose d'amusant à faire. Pourquoi son copain n'est-il pas là ?

Il ouvre le réfrigérateur, met son doigt dans la crème glacée, le suce.

L'oreille de petit Jean voit tous les gestes de Mathieu. C'est mon dessert qu'il mange. Puisque maman n'a pas tenu sa promesse pourquoi petit Jean tiendrait-il la sienne ?

— Mathieu...

Mathieu tourne la tête vers le placard qui lui a parlé.

Ce hurlement chuchoté, espoir qui se termine en épouvante. Si le papa l'a entendu il me tuera sûrement.

Il retient sa respiration.

— Jeannot ?

— ...

— Jeannot, tu es là ?

— Un bon dîner qu'ils nous avaient fait.

— Oui, mais j'ai trouvé Denise pas dans son assiette.

— Tu ne sais pas ? Elle est enceinte !

— Ah ! c'est pour ça qu'elle a envoyé le petit Jean chez sa marraine.

— C'est pas vrai. Il est pas chez sa marraine...

— Le poulet était fameux... Qu'est-ce que tu dis, Mathieu ?

— C'est pas vrai. Jeannot n'est pas chez sa marraine. Moi, je sais où il est.

— Tu l'entends ? Il sait mieux que ses parents !

— Il est pas chez sa marraine. Il est dans le placard.

— Dans le placard ?

— Ça ne sait plus quoi inventer ces enfants...

— Tu ne vois pas qu'il tombe de sommeil. Il rêve ! Prends-le dans tes bras pour aller jusqu'à la voiture.

LE TRENTIEME JOUR

— Maman, dis, maman...

Elle est seule. Petit Jean l'entend-voit dans la cuisine, je peux lui parler.

— Maman... tu ne voudrais pas me laver ?

La voix de petit Jean a changé. Ce n'est plus la voix d'avant quand il allait au square avec mémé et qu'il riait en jouant avec les cloportes. C'est une voix monotone, monocorde, une voix murmurée qui ressemble à sa vie claquemurée entre trois murs et une porte. Elle n'est même pas triste, non, sans intonation, s'économisant parce qu'il n'y a pas beaucoup d'air dans le placard, juste ce qu'il faut pour respirer.

— Ça fait plusieurs — il compte sur ses doigts — cinq plus cinq plus... — je ne sais pas, mais longtemps que je n'ai pas été lavé.

Argument décisif :

— Je sens très mauvais.

Maman soupire. Je l'ai fâchée. Non c'est un soupir pas comme d'habitude quand elle va crier. Triste.

— C'est vrai, ça ! Pauvre petit bonhomme. Paul exagère...

— Le papa qui n'est pas mon papa est toujours fâché contre moi ? Pourtant je suis bien sage. Je ne fais plus pipi au lit mais dans le pot.

Maman ne répond pas. Peut-être que...

Mais si le papa a emporté la clé du placard elle ne me lavera pas. Je ne verrai pas la cuisine, je ne pourrai pas embrasser maman.

C'est cela surtout qui lui manque : être lavé est une excuse.

La clé tourne dans la serrure et le cœur de petit Jean bat au rythme de la vie retrouvée :

— Mamaman !

— C'est vrai que tu es sale. Non, ne me touche pas ! Je vais d'abord te mettre sous la douche, tu en as besoin.

Il faut traverser la salle à manger pour aller dans le cabinet de toilette.

La cuisine, la salle à manger... il va à pas menus pour profiter le plus longtemps possible de son extase, et puis ses jambes ont perdu l'habitude de marcher et de courir.

On a enlevé mon lit. Il y a un divan à sa place... maman l'a-t-elle remis dans sa chambre comme autrefois ?

— Dis, maman...

— Allons, dépêche-toi un peu, tu vois bien que je t'attends.

L'eau tiède ruisselle. C'est l'avant revenu : Maman, la douche, la salle à manger...

— Maman, pourquoi mon lit ?

— Tourne-toi, tu as grandi... et maigri aussi, on te voit les côtes. C'est de ma faute, je suis tellement préoccupée que j'oublie... à force de ne pas te voir...

Il faut réclamer, petit Jean, quand je ne te donne pas à manger. Mais pas quand papa est là. Tu sais qu'il n'aime pas.

— Oui, maman, merci, maman.

— Et ces ongles... on dirait des griffes tellement ils sont longs. Il faut que je te les coupe.

Maman a un gros ventre. Comme celui de marraine quand elle y cachait un petit enfant.

Il le touche du bout du doigt.

— Est-ce que tu vas pondre un bébé ?

Le visage de maman est devenu rose mais elle n'est pas fâchée. Elle sourit.

— Ces enfants, ça remarque tout ! Oui, je vais avoir...

— Un frère, Jacques !

— Jacques ? Pourquoi Jacques ? Quelle drôle d'idée tu as encore ! D'ailleurs ce sera une fille !

— J'aime mieux un petit frère pour jouer avec lui.

Maman soupire triste, encore. Pourquoi ?

— Dis, maman, depuis quand je suis enfermé dans le placard ? Deux fois ma main ? Trois fois ? Quatre ?

Au-delà c'est l'infini.

Maman roule petit Jean dans une grande serviette et le serre contre elle.

— Tu en sortiras bientôt, je te le promets.

Il voudrait que cet instant dure toujours. Le ventre de maman qui contient le petit frère Jacques, non, la petite sœur, est si doux. Il le caresse. C'est comme un placard qui abrite un bébé. Il ne peut pas en sortir mais un jour il en partira comme moi du placard.

— J'en sortirai pour quand mon petit frère, sœur, sortira de ton ventre ?

— Avant, petit Jean, si tu continues à être sage.

« Quand même il faut que je parle à Paul, c'est pas humain.

On retraverse la salle à manger. Petit Jean s'arrête pour tout regarder, tout emporter avec lui dans le placard. La table, les chaises autour. Au mur un calendrier avec un bateau dessus et la mer bleue que petit Jean n'a jamais vue. Il est joli le divan. Peut-être maintenant que je suis grand je ne coucherai plus dans mon lit mais sur le divan. Le lit ce sera pour ma petite sœur. Dis, maman...

— Dépêche-toi, petit Jean, il est presque midi, je n'ai pas encore fait mes courses et, avec tout ça, je vais être en retard pour le déjeuner et papa rentre justement !

Le trou noir-horreur du placard est béant. Petit Jean va tomber dedans, mais il le remplit avec la salle à manger, la cuisine, la douche. Et puis maman a tout lavé et bientôt il en sortira. Elle l'a promis.

Maman est partie. Il prend Martin dans ses bras pour lui raconter cette matinée de conte de fées. Et l'ours lui affirme :

Frère Jacques...

Frère Jacques...

Maman se trompe. C'est un petit frère et il s'appellera Jacques. Martin l'a dit.

Ils sont dans leur chambre où le lit les attend.

— Vite...

— Paul, j'ai compté, ça fait plus de deux mois que...

— Trois mois bien sonnés, presque quatre, que tu es enceinte, oui ! La petite va nous arriver au début de l'année prochaine. Ah ! tiens, justement, je voulais te demander : est-ce qu'on peut continuer à bai-

ser ou est-ce que ça risque d'être mauvais pour elle ? Il faut que tu demandes au docteur.

— Oui. Mais ce n'est pas de cela qu'il s'agit. Je voulais te dire : pour Jean ça fait trop longtemps... faut le sortir !

— Ça te reprend cette histoire. Tu trouves qu'on n'est pas bien comme ça ? Tous les deux, sans ton môme à venir nous espionner... Et puis je l'ai déjà dit. Lui ou moi, choisis !

— Paul, c'est tout choisi, mon chéri. Mais on ne peut pas le laisser... c'est pas bien ! Je l'ai regardé ce matin, il est blanc comme un linge et maigre que ça fait peur, avec des yeux comme un aveugle...

— Merde !

LA REVOLTE

Une meute de chiens furieux qui courent après un gibier. Le gibier c'est la Peur. Ils la chassent, la poursuivent, la harcellent, la forcent.

Petit Jean est tous ces chiens qui hurlent. Un hurlement qui est un aboi pour mettre aux abois la Peur.

La Peur s'enfuit. Le placard s'emplit de tous ces cris féroces, de toute cette colère qui gronde, de tous ces crocs, de toutes ces griffes qui déchirent, arrachent le matelas, se cassent sur la porte.

Le placard est sombre comme une gigantesque forêt qui masque le ciel et sa lumière, et la Peur s'est tapie, grelottante, dans un coin ; mais prête à reparaître dès que les chiens de la colère seront tombés, morts, tués par l'inertie.

Alors, ricanante, elle fera sa rentrée en scène, Gorgone que rien ne peut supprimer, dont la tête repousse sans cesse. Monstrueux phénix.

Momentanément elle se terre, et les chiens hurlants grondent à la nuit, à la solitude, à la mort, à la cruauté, à la haine, à tout ce qu'ils poursuivent et pourchassent. Et puis retombent, haletants, avant de recommencer ce long hurlement qui réclame leur dû.

« J'ai faim, maman, j'ai soif, je veux sortir, JE VEUX SORTIR, ouvre-moi ou je tuerai le papa qui n'est pas mon papa, qui m'a enfermé...

« Maâââman ! »

De toute la vigueur de ses poings, de ses pieds, de son corps, petit Jean se jette contre la porte fermée, s'arrache aux échardes, se blesse aux clous mal rentrés.

La Peur le guette de son coin et elle est seule avec lui. Il n'y a personne dans l'appartement que petit Jean, la Peur et la Révolte.

Il clame son désespoir, sa tristesse, la fausseté de maman, tu m'avais promis que je sortirais. Tu m'avais promis promis promi...

Et il s'abat sur le matelas, haletant comme les chiens, aboyant d'une voix rauque son désespoir, cherchant l'air raréfié par les cris de l'angoisse et de l'horreur. Il en passe si peu à travers les fentes de la porte... juste de quoi respirer, mais il n'y en a pas assez pour les cris et les colères.

Il ne sent pas ses poings meurtris contre le bois sec de la porte.

Il ne sent pas le sang qui coule de son front ouvert contre le mur dur et impassible.

Il ne sent rien que cette immense révolte en lui qui est comme une meute de chiens affamés, se lançant à la poursuite d'un gibier insaisissable, le traquant sans résultat.

— *Mais qu'est-ce qu'il a, leur gamin, à crier et à taper du pied comme ça ?*

— Il fait une colère.

— Tout seul ? J'ai vu ses parents qui sortaient. Ce n'est pas raisonnable de laisser un enfant, le soir surtout. Il peut se brûler, se faire mal, se blesser ! C'est bizarre quand même : on ne l'entend jamais ! On ne le voit pas non plus. Avant, sa grand-mère venait le chercher pour le mener au jardin, mais il y a longtemps que je ne l'ai pas aperçue.

— Peut-être qu'il faudrait monter voir s'il ne lui est rien arrivé... Ecoute : on dirait qu'il a peur de quelque chose ?

— Laisse ! On n'a pas à se mêler des affaires des autres.

Petit Jean est retombé sur son matelas, étouffant dans ses sanglots, bouche ouverte pour happer une goulée d'air. Il n'est plus les chiens hurlants mais la proie : tout à la fois chasseur et gibier.

Sa révolte matée par la Peur qui se rapproche, sûre d'elle, de sa victoire.

Il la repousse de ses mains tendues, de toute sa détestation de l'Homme qui l'a enfermé dans le placard, de sa pitoyable détresse, maman m'avait promis tu m'avais promis, maman.

La Peur est autour de lui mais elle n'est pas encore sur lui, en lui, et il profite de ce moment d'accalmie pour réfléchir.

Maman a dit que la petite sœur sortirait dans cinq mois de son ventre. Sortira-t-il le même jour du placard où il est enfermé comme dans un ventre ?

Cinq mois... une éternité. On ne peut pas se représenter l'éternité. Ni fin, ni commencement. Petit Jean ne sait plus quand a débuté la cruelle punition. Ne sait même plus très bien que c'est une punition.

La punition d'être, de vivre, d'exister.

Il se perd dans un avant très lointain s'estompant dans la nuit qui l'enveloppe où les êtres qui l'entouraient ont une apparence de fantômes.

Pas plus, il ne peut en imaginer un jour la fin.

Il a vécu, il vit, il vivra dans un placard. Fœtus d'un ventre sans entrailles.

UN JOUR ENTRE AUTRES

Il ne vit que par à-coups, lorsqu'il entend la voix de ma maman ou qu'il aperçoit dans l'entrebâillement de la porte sa main, irréelle, à peine apparue déjà retirée, qui apporte en même temps que quelque chose à manger un instant bref de lumière.

Mamaman. Il lui sourit. Un sourire qu'elle ne voit pas, puisque sa main seule entre dans le placard. Une main sans caresse, indifférente, distraite, abstraite, qui tend quelque chose.

Et puis il y a les instants merveilleux de bonheur quand le papa est parti au travail en oubliant de prendre la clé qui enferme petit Jean.

— Viens, dit maman.

Et c'est maman comme il se la rappelle quand il est dans le noir, mais en vrai, avec son sourire, son ventre où est cachée

— Petite sœur, tu m'entends...

Est-ce qu'elle m'entend, maman, si je lui parle à travers ton ventre ?

Il appuie sa tête contre maman ; c'est doux comme l'oreiller de son lit. Peut-être ce soir y couchera-t-il ?

Tout bas, tout bas pour que maman ne l'entende pas, il murmure :

— *Frère Jacques...*

car c'est un petit frère, maman se trompe.

— Viens, je vais te laver...

ou

— Tiens !

Et c'est un grand bol de quelque chose de bon qu'il boit dans la cuisine. La lumière l'éblouit et il a du mal à se tenir sur ses jambes.

— Marche un peu, dit maman, tu as besoin de te dégourdir. A rester comme ça, immobile toute la journée, tu...

Elle soupire.

Elle soupire toujours quand petit Jean est avec elle comme autrefois. Pourquoi ? Elle devrait être contente.

Peut-être a-t-elle peur de se faire gronder : « Tu ne diras pas à papa que je t'ai fait sortir. » D'ailleurs petit Jean le sait : il ne doit pas parler quand le faux papa est là. Il se contente d'entendre la voix de maman sans écouter ce qu'elle dit. Les mots qui ne sont pas pour petit Jean sont sans intérêt.

Il y a longtemps qu'il n'est pas allé dans la cuisine. Que maman ne l'a pas lavé ou gâté. Le papa qui n'est pas le vrai papa ne doit plus oublier de prendre la clé.

Parfois, à travers la porte du placard, maman lui parle. Il lui répond. Ce sont des phrases pour lui tout seul : « Tu vas bien, petit Jean ? Tu ne t'ennuies pas trop ? — Oh si, maman, je voudrais tant aller jouer ! »

Mais jouer est devenu un mot, un espoir, qui ne signifient plus grand-chose !

Ce matin — il sait que c'est le matin parce qu'il entend les bruits qui sentent bon du petit déjeuner. Il vit comme cela par les bruits, il voudrait bien que maman lui parle. Il murmure tout bas : « Maman, parle-moi, s'il te plaît ! »

Mais le téléphone, en sonnant, interrompt toute espérance.

Et puis un mot lui arrive, le frappe en plein cœur :

— ... mémé !

Mémé ! Tous les fantômes de l'avant s'animent, se gonflent de sang, de chair vive, redeviennent des êtres vivants. Ma mémé... elle va venir me chercher. C'est pour ça qu'elle téléphone. Nous irons au square, je jouerai avec les petits cochons de saint Antoine. La fois dernière maman n'a pas voulu mais cette fois-ci.

L'oreille se rouvre sur les mots, les phrases.

— Comment vas-tu, mémé...

— ...

— Oui, très bien.

— ...

— Au début de l'année. Le docteur a dit...

Un silence long, long. Mémé parle mais je n'entends pas ce qu'elle dit... Oh ! je voudrais tellement que maman me la fasse écouter !

— Mais le petit va bien... Qu'est-ce que tu veux qu'il ait ?

— ...

— Je te l'ai déjà dit que je n'avais pas le temps de te l'amener. Après tout c'est de ta faute ! Tu n'avais qu'à ne pas te brouiller avec Paul,... tu pourrais venir comme autrefois !

— ...

— Ça, je sais que tu ne l'aimes pas ! Tu ne lui as pas envoyé dire.

— ...

— Ce n'est quand même pas de ma faute si son père m'a plaquée ! Et j'ai été bien contente...

— ...

— Un homme, un vrai !

— ...

— Que je te passe petit Jean ?

Oh maman je veux parler à mémé je veux...

— Je ne peux pas, il n'est pas là.

Ce n'est pas vrai je suis dans le placard. Je veux parler à mémé mais maman ne peut pas m'ouvrir elle n'a pas la clé. Elle va être obligée de le dire à mémé et elle viendra. Mémé enfoncera la porte du placard.

— Qu'est-ce que tu veux qu'il lui soit arrivé ?

— ...

— Non, c'est impossible, je te dis qu'il n'est pas ici !

— ...

— Tu veux venir cet après-midi, quand Paul ne sera pas là ?

Oh ma maman dis oui, je t'en supplie dis oui.

— Bon ! puisqu'il faut tout te dire : le petit est à la campagne.

— ...

— Non, pas chez sa marraine, dans de la famille de Paul.

Pourquoi elle ment maman ? Elle ne doit pas mentir sinon toute la confiance que petit Jean avait en elle va s'effondrer. Tout devient incompréhensible ; le mensonge c'est ce qu'il y a de plus laid, dit mémé, ceux qui mentent vont en Enfer. Mémé je ne suis pas à la campagne maman a menti je me rappelle pour que mémé n'ait pas de peine parce que je n'ai pas été sage. Mais ça m'est égal qu'elle ait de la peine, même qu'elle me gronde. Je veux la voir, je veux être avec ma mémé aller au jardin.

— Pourquoi veux-tu qu'il aille vivre chez toi ?

— ...

— Mais non, Paul ne le déteste pas ! Ça y est, il faut encore que tu fasses une histoire.

La voix de maman est méchante, sèche, dure ; petit Jean ne la connaît pas cette voix-là.

— Je te dis qu'il est à la campagne, chez ses parents !

— ...

— D'accord, quand il reviendra je t'appellerai.

— ...

— Mais non, ce n'est pas lui qui crie ! Qu'est-ce que tu ne vas pas inventer ! Puisque je te dis qu'il n'est pas là... Des enfants dans la rue !

— ...

— C'est ça... je t'embrasse.

Mémé est partie du téléphone. Elle ne viendra pas me chercher. Maman l'a défendu parce que le faux papa... c'est pour ça qu'elle a menti...

— Qu'est-ce que tu as eu à crier comme ça ? On a dû t'entendre dans toute la maison ; qu'est-ce que vont penser les voisins ? Même mémé au téléphone... tu m'as obligée à mentir.

La lumière entre dans le placard comme une grande vague envahissant tout. Maman a ouvert la porte. Elle avait la clé. Alors pourquoi ? Pourquoi ?

En petit Jean un immense cri de désespoir : celui d'un univers qui s'écroule.

— Maman ! Ma man !

— Enfin, qu'est-ce que tu as ?

La lumière chasse le sombre du placard mais petit Jean a mis ses poings sur ses yeux pour ne pas la voir.

Il ne veut plus de la lumière puisque c'est celle du mensonge de maman. Puisque maman a menti à mémé. Puisque le papa avait laissé la clé sur la porte du placard et qu'elle n'en a pas fait sortir petit Jean. Puisqu'il n'est pas à la campagne, ce n'est pas vrai, maman. Je suis enfermé dans le placard.

LE QUARANTE-CINQUIEME JOUR

— Excusez-moi de vous déranger...

Il y a eu un coup de sonnette. Maman est allée ouvrir. Elle ne doit pas être contente. Elle n'aime pas.

Idées vagues, confuses, sans intérêt. Petit Jean joue avec sa voiture. A genoux sur le matelas il la fait rouler et, du bout des doigts, la renverse et la fait cabrioler comme elle faisait toute seule avant. De temps en temps il la perd et il faut, à tâtons, qu'il la retrouve, mais ça aussi c'est un jeu. Martin joue avec lui. Petit Jean lui a défendu de chanter pour ne pas déranger maman et il obéit.

— Je viens voir si, par hasard, il n'y aurait pas une fuite d'eau chez vous, parce que j'en ai une dans ma cuisine... alors j'ai pensé que ça pouvait venir de l'étage supérieur ?

— Non.

— Votre machine à laver peut-être... sans que vous vous en rendiez compte... ça arrive ! Vous permettez que je rentre ? je m'y connais un peu. Je vais jeter un petit coup d'œil, avec votre autorisation...

L'oreille de petit Jean s'est entrouverte. Maman et une dame sont dans la cuisine. Maman a sa voix de quand elle est fâchée. L'autre voix, l'oreille de petit Jean la reconnaît : c'est celle de la dame qui a fait remonter petit Jean chez lui, il y a longtemps, longtemps, bien avant qu'il ne soit dans le placard, quand le papa qui n'est pas l'a mis sur le palier et qu'il a voulu aller chez ma mémé.

Et puis mémé parle souvent avec la dame, maman non quand elle la rencontre dans la rue ou dans l'escalier. Elle est gentille avec petit Jean. Une fois elle lui a donné un bonbon. Il en retrouve le goût acidulé et sucré dans sa bouche. Il y a beaucoup de jours, des mois qu'il n'a pas eu de bonbon. Maman aussi lui en donnait avant.

Il passe sa langue sur ses lèvres, à la recherche de ce plaisir d'autrefois. Souvenir oublié et retrouvé.

— Et votre fils ? Il y a un moment que je ne l'ai pas vu ! Il est tellement mignon et gentil et sage. PETIT JEAN, vous l'appelez, je crois ?

PETIT JEAN est arrivé, sonore, dans l'oreille, l'ouvrant grande. On parle de moi, je pourrais appeler la dame pour qu'elle me donne un bonbon mais maman serait très fâchée. Elle m'a défendu de parler quand il y a quelqu'un. Je ne sortirai pas du placard si je désobéis.

— Je le rencontrais souvent avec sa MÉMÉ...

MÉMÉ. Elle parle de moi et de ma mémé ! L'oreille est toute tendue, frémissante, pavillon immense recueillant cette conversation qui concerne petit Jean.

— On bavardait toutes les deux quand je la croisais... une si brave femme ! mais je ne la vois plus. Elle n'est pas malade au moins ?

— Non.

— Et votre petit garçon, il y a longtemps que je ne l'ai pas aperçu.

— Il est à la campagne, chez sa marraine.

— Ah ! c'est ça que je ne les rencontre plus... Imaginez-vous qu'un soir, avec mon mari, on a entendu un enfant qui faisait une colère, mais une colère... ! Des hurlements, des trépignements à n'en plus finir. Sur le moment on a cru que c'était le vôtre, bien que ça nous étonnait, ce n'est pas son genre... mais s'il n'était pas là ! Vous avez raison, vos machines n'ont rien. Excusez-moi encore de vous avoir dérangée. Mais vous attendez un autre enfant... je ne me trompe pas ?

— Non. C'est pour le début de l'année prochaine.

— Ah ! deux, c'est bien... ça fera un compagnon de jeu pour votre petit Jean. C'est vrai, un enfant unique ce n'est pas bon. Le vôtre va être content d'avoir un petit frère !

Frère Jacques...

Frère Jacques...

Mais c'est dans sa tête que petit Jean chante. Pas faire de bruit, sinon maman...

— Je me demande bien quel est le garçon que nous avons entendu crier comme ça... comme un perdu ! Il y a à peu près une dizaine, peut-être une quinzaine de jours. Le vôtre était déjà à la campagne ?

— Oui.

— A presque minuit, vous vous rendez compte ! et il n'y avait sûrement personne pour le consoler, sinon il se serait tu ! Pauvre gosse... c'était pitoyable de l'entendre... et des sanglots à n'en plus finir ! Il y a vraiment des parents qui... Bon, excusez-moi encore de vous avoir dérangée ; eh bien, il va falloir que je fasse venir le plombier !

— De rien.

Maman parle toute seule dans la cuisine. Elle est fâchée contre la dame qui est partie, j'ai entendu la porte.

« Une fuite d'eau... tu parles ! Et cette manière d'entrer de force dans ma cuisine. Elle est venue m'espionner, oui ! »

Et cette façon de m'interroger : « Et votre petit garçon, il était à la campagne ? » en quoi ça la regarde où est petit Jean ?

Il met ses bras devant ses yeux pour les préserver de la lumière. C'est un geste instinctif qu'il a maintenant chaque fois qu'on ouvre la porte du placard. Peu à peu il les écarte jusqu'à ce qu'il puisse sourire au grand jour.

— Petit Jean, qu'est-ce que tu as encore été inventer ?

La voix de maman est en colère. Une voix méchante qui met des larmes dans les yeux de petit Jean.

— Mais maman, j'ai été bien sage. Je n'ai pas parlé pour que la dame ne m'entende pas comme tu m'as dit quand il vient quelqu'un !

— Non. Mais c'est bien toi qui as crié l'autre nuit ? Sûrement ! Qui ça pourrait être ? Il n'y a pas d'autre enfant à l'étage.

— Mais non maman, je te jure.

— Alors on ne peut même plus sortir tranquilles, un soir... Ah ! Paul a bien raison, tu n'es qu'une source d'ennuis.

Elle a pris petit Jean par le bras et le secoue .

— Qu'est-ce que tu as à mettre toujours tes bras devant ta figure comme si j'allais te gifler ? Tu la...

— Non maman c'est le jour !

— ... mériterais bien d'ailleurs la gifle ! Crier à

réveiller la maison... bien sûr que c'est toi qui as fait tout ce boucan !

— Non, maman.

Il ne ment pas. Ce n'est pas lui. C'est la révolte qui est en lui et qui est sortie de lui pour crier, hurler, sa détresse, son effroi, son angoisse, cette panique : ne plus jamais quitter le placard ! Y rester toujours.

Cette révolte qu'il ignore, enfouie au profond de lui, dort à nouveau comme un animal repu, jusqu'à son prochain réveil, et, à nouveau, elle sortira de lui, en quête de la Peur à détruire.

— Après tout, elle est bien capable d'avoir tout inventé pour voir ce que j'allais dire ! Pourquoi tu aurais été faire une colère alors que tu étais seul ? Aussi faut toujours qu'elle soit là à regarder ce que font les voisins. En quoi ça la regarde ?

« Allez, sors de là, il faut que je le nettoie ce placard... Je n'en parlerai pas à Paul ; il serait furieux.

SOIXANTIEME JOUR

Petit Jean a chaud, a froid, tire la couverture, la repousse. Mémé est penchée sur lui ; non, ce n'est pas mémé, c'est le singe du cirque qui lui fait des grimaces. A présent c'est Martin. Il est devenu aussi grand que celui du zoo où l'a emmené mémé. C'est un ours méchant, pas Martin. Il va dévorer petit Jean qui se débat pour tenter d'échapper à ses grosses griffes qui vont le déchiqueter. Il l'étouffe dans ses pattes.

Petit Jean a peur. Tout est sombre autour de lui. C'est la nuit. Il a peur de la nuit. Il se fait tout petit dans son lit mais ce n'est pas son lit. Où est-il ?

— Maman... Maman !

— Allons bon, qu'est-ce qu'il y a encore ?

Une parcimonieuse lumière chasse le sombre d'un endroit qu'il ne reconnaît pas. Les meubles ont disparu. Il n'est pas dans la salle à manger, pas dans son lit. Où est-il ? Ah oui ! dans le pla...

— Maman, vite, je vais être malade.

— Le voilà qui vomit !

Elle est là, maman, une cuvette à la main et elle passe une serviette mouillée sur les lèvres de petit Jean.

Maintenant il fait grand clair. C'est le jour ?

— Tu as eu mal au cœur ?

La main de maman sur le front de petit Jean. C'est bon. Il veut que maman reste près de lui. Elle a chassé l'ours et c'est son visage à elle qui est penché vers petit Jean.

La réalité est entrée avec la lumière. Petit Jean se rappelle qu'il est puni et il a envie de pleurer. De la main il chasse la punition-ours. Je veux bien être dans le placard si je vois la cuisine et maman.

— Mais qu'est-ce qu'il a cet enfant à gesticuler et à se débattre ? Il va devenir fou à vivre comme ça. Paul n'est pas raisonnable. Il est brûlant, tout mouillé... Il a encore fait pipi sous lui ! Non, le matelas est sec. C'est lui qui transpire. Ce n'est pas normal qu'il ait vomi et qu'il soit brûlant ! Il a sûrement de la fièvre. Ne bouge pas comme ça. Je vais prendre ta température.

Petit Jean n'aime pas le thermomètre, mais que maman s'occupe de lui le lui fait oublier. Et puis elle dit :

— ... Mon chéri.

Il sourit à maman. C'est bon d'être malade.

La fièvre monte le long de son corps, le berce dans sa moiteur, fait succéder aux images d'horreur celles de la douceur. Maman et l'ours-monstre se battent mais c'est maman qui gagnera parce que je suis son petit chéri.

— Trente-huit cinq... Il est malade ! Qu'est-ce que je vais devenir ? Je ne peux pas appeler le docteur !

— Maman.

Maman s'est assise par terre, à côté de petit Jean. Elle le serre doucement contre son gros ventre.

— Oui, mon bébé...

Petit Jean voudrait être malade toute sa vie pour que maman l'appelle mon bébé et le câline. Il a mal partout mais maman va chasser le mal. Il va s'en aller comme s'en est allée la nuit et comme est partie la grosse bête qui voulait l'étouffer.

« Il ne peut pas rester sur un matelas dans un placard, avec de la fièvre... Si je le couchais sur le divan de la salle à manger ? Aussi pourquoi on a enlevé son lit ? Bien sûr le divan fait mieux mais... Paul, on voit bien que ce n'est pas son fils. Non, il va gueuler si... il vaut mieux que je laisse le petit ici avec la porte ouverte. Voilà qu'il grelotte maintenant ! »

— J'ai froid, maman !

— Pourtant l'appartement est bien chauffé. Je vais te mettre une autre couverture... dire que c'est celle du chien !

— Maman, ne t'en va pas.

— Mais non, je suis là, dans la cuisine. Je te fais une bouillotte, ça va te réchauffer.

— J'ai trop chaud maintenant !

— Ne te découvre pas, petit Jean.

« Oh ! j'ai hâte que Paul rentre... qu'on voie ensemble. Il faut faire venir un docteur. On ne peut pas laisser un enfant comme ça !... Et s'il avait quelque chose de grave ? »

— Je ne veux pas le docteur, il me fera des piqûres. Je n'aime pas les piqûres. Je ne veux pas le papa qui n'est pas mon papa. Je veux ma maman à moi tout seul ! Je veux être très malade pour qu'elle s'occupe de moi.

— C'est des bêtises. Veux-tu bien te taire !

« S'il dit ça devant Paul ! Ah, moi, je ne sais plus que faire... Entre un homme qui déteste ce petit... pourtant ce n'est pas un mauvais homme ! et cet enfant qui... je crois qu'il s'est endormi... »

— Je veux mon petit chien et mémé. On va aller jouer au jardin ! Mémé...

— Maman, j'ai mal. Le gros ours m'étouffe. J'ai trop chaud...

— Maman, maman, tu es là, ne m'enferme pas dans le placard, je serai bien sage, je te le promets !

— Ecoute, Paul, je ne peux pas laisser le petit comme ça. Il a une grosse fièvre, il a déliré tout l'après-midi !

— De la comédie, oui, pour que tu t'occupes de lui...

— J'ai repris sa température tout à l'heure : trente-neuf huit... ce n'est pas de la comédie, ça !

— Il a un accès de fièvre de croissance. J'en avais un par mois étant enfant. Ma mère n'en faisait pas un drame pour autant. Donne-lui un comprimé d'aspirine et demain il sera remis.

— En tout cas, demain, s'il ne va pas mieux je fais venir le docteur, que tu le veuilles ou non !

— Bien sûr ! Comme ça ton fils pourra se plaindre, raconter qu'on l'enferme... et nous on passera pour quoi ? Tu veux avoir l'assistante sociale qui vienne enquêter ? Après tout, si ça t'amuse... C'est toi sa mère ! Moi, je ne suis rien.

— Sois pas méchant, Paul ! Je suis déjà assez ennuyée. Bon, tu as sans doute raison. Ce n'est peut-être qu'un accès de croissance. C'est vrai qu'il m'a déjà fait ça une fois ; ça a duré deux jours et il avait déliré tout pareil. Et puis la fièvre est tombée d'un seul coup. Je vais attendre quarante-huit heures, mais après-demain s'il ne va pas mieux je l'emmènerai à l'hôpital ! Comme ça le docteur ne viendra pas ici. Et puis quand il sera guéri je demanderai à mémé de le prendre avec elle : elle ne demande pas mieux ! Elle l'a proposé plusieurs fois déjà. Tu en seras débarrassé et lui il aura une vie normale.

— J'ai dit non...

— Tape pas sur la table comme ça, tu vas me casser des verres !

— ... Non ! Fallait le faire au début, quand tu m'as connu. Tu n'as pas voulu. Aujourd'hui, c'est trop tard ; ma réponse est toujours la même : je ne veux pas de cancans et avec elle pour les histoires, on sera servi !

— Maman, j'ai soif...

— Oui, petit Jean, bois. C'est de la tisane, tu aimes bien.

— Oh ! c'est gai le dîner... avec le placard ouvert sur un môme qui pleurniche !

— La porte est juste entrebâillée... je ne peux quand même pas l'enfermer. Je ne l'entendrai pas s'il m'appelle.

— Toutes ces histoires pour une fièvre de rien du tout !

— Quand même c'est mon enfant !

— Et celui que tu as dans le ventre, c'est MON enfant !

C'est bon la tisane, c'est chaud, c'est sucré, ça sent la main de maman qui me caresse la joue. Pourvu que je sois longtemps malade. Toujours. Le faux papa a crié ; je l'ai entendu. Je ne veux pas qu'il gronde maman. Quand je serai grand je la défendrai Je le battrai. Je le tuerai.

— Maman, tu es là ?

— Mais oui, petit Jean.

— N'éteins pas, s'il te plaît, laisse la lumière.

— C'est la nuit, maintenant. Tu vas dormir. Et demain matin, quand tu te réveilleras, tu seras guéri.

— Je ne veux pas être guéri !

— Alors ?

— Sa température est tombée. Il n'a plus que trente-sept cinq.

— Qu'est-ce que je t'avais dit ! Si chaque fois qu'un môme a de la fièvre il fallait en faire un drame...

— C'est toi qui avais raison.

— Bon ! Eh bien puisqu'il n'est plus malade, referme-moi cette porte.

LES SEMAINES ET LES MOIS...

Les minutes comme des heures.

Les heures comme des semaines, des mois.

Le semaines, les mois, comme l'infini.

Ce noir-deuil rompu par d'infimes éclairs « Sors du placard... Il faut que je te lave... Tes cheveux, on dirait une petite fille... Tiens, mange ça... Un pantalon propre... Une chemise... »

Des phrases de miséricorde qui lui permettent de reprendre souffle de vie et d'attendre la prochaine fois. Dans l'espoir de cette prochaine fois. De brefs moments de lumière éblouissante qui brûlent les yeux mais les remplissent de bonheur. L'avant comme un souvenir devenu réalité, l'espace d'un reflet.

Et puis, à nouveau, la nuit, le trou, la non-vie :

LE PLACARD.

L'ATTENTE

Silence. Solitude. Petit Jean sait que c'est la nuit parce qu'il n'y a pas de corde de lumière sous la porte. Savait plutôt. Il dort en pose de fœtus dans le placard-ventre. Je suis dans le placard comme petit frère Jacques est dans le ventre de maman. Quand il sortira du ventre de maman je sortirai du ventre du placard.

Obscurément, pour lui c'est devenu une nécessité. L'un va de pair avec l'autre. Est-ce que petit frère Jacques a peur lui aussi dans le ventre de maman ?

Mais petit Jean dort et la Peur s'est endormie en même temps que lui. Elle se réveillera quelques secondes après qu'il aura ouvert les yeux sur le noir. Parce que, pendant ce répit si court, il croit encore qu'il est dans son lit, et puis il se souvient et la Peur en profite pour s'approcher à pas de panique du matelas.

Mais, pour l'instant, il rêve... qu'il joue avec Mathieu ? Qu'il est au square de la tour Saint-Jacques avec mémé ? Ou que des monstres grimaçants veulent le dévorer ? Ou qu'il est tombé dans un puits et que maman crie pour appeler au secours ?

Un cri.

Long. Prolongé. Le cri aigu de la séparation.

Petit Jean a entendu ce cri. Il s'est dressé sur son matelas. Hébété.

C'est maman ! Avec l'inconscience de l'amour il le sait, il en est sûr.

Maman !

Ce n'est pas le gémissement de quand elle joue avec le papa ; pas non plus parce qu'il l'a grondée.

C'est un autre cri, féroce, que petit Jean n'a jamais entendu et qui, pourtant, lui rappelle, loin, loin, dans sa pré-mémoire, quelque chose. Mais il ne le réalise pas.

Une porte s'ouvre. Des pas. Ceux de le papa.

— C'est pas vrai, mais c'est pas vrai ! Ça devait être seulement dans un mois. Tu es certaine ?

Un deuxième cri, aussi aigu, plus long que le premier.

Au cri répond le cri de petit Jean. Il hurle avec maman comme la petite sœur hurle dans le ventre qui la repousse, ne veut plus d'elle, l'expulse...

Le bruit de criquet du téléphone : le doigt fébrile qui forme le numéro.

— ... une ambulance... mais non, tout de suite. Je ne peux pas attendre. Je vous dis que ma femme est dans les douleurs !

« Douleur » a frappé petit Jean comme un coup de fouet. Douleur c'est quand on a très mal. Maman a mal.

— Attends, je vais te prendre dans mes bras pour sortir.

— Mon Dieu ! Et si j'accouche dans l'ambulance... avant ?

— Mais non. Elle est là tout de suite... Et il faut le temps que la petite sorte de toi. Bon sang ! Qu'est-ce que je ferai si... T'inquiète pas. L'ambulance va arriver dans cinq minutes.

Ambulance... Quand on entend sa sirène dans la rue mémé dit : « Encore un qui conduisait trop vite et qui a eu un accident ! »

Mais maman ne conduisait pas, elle était dans son lit.

Oubliant les défenses et les interdits, petit Jean sanglote dans le placard. Si fort que même le papa l'entend : « Ta gueule ! »

— Maman, maman... tu es malade ?

En écho, les gémissements.

— Je te dis que le travail est commencé !

Quel travail a fait mal à maman ?

Bruits habituels devenus, par l'heure, inhabituels, ils parviennent à petit Jean sans qu'il puisse les recréer en images sur l'écran noir du placard : claquements de portes, chaises repoussées, pas pesants de le papa. Sa voix est toute drôle.

— T'inquiète pas... tout va s'arranger ! Je suis sûr que tu te trompes...

Il respire fort comme s'il portait...

Maman... il porte maman. Elle ne peut plus marcher. Elle s'est cassé la jambe comme la maman de Mathieu il y a... Elle avait la jambe toute raide dans... le plâtre !

Le plâtre, c'est une grosse jambe blanche sur laquelle on dessine — lui, il avait fait un bonhomme, un rond pour la tête, un trait pour le corps, quatre pour les bras et pour les jambes — et on marche avec des cannes.

Non, ce n'est pas cela... c'est autre chose d'affreux,

si angoissant que pour la première fois il appelle au secours le

— Papa...

Mais ni maman ni le papa lui répondent comme s'il était définitivement écarté de leur vie.

— Quelle heure est-il ?

C'est la voix de maman ? Une voix toute petite. Celle d'un enfant qui craint quelque chose de terrible.

— Quatre heures du matin.

— Il n'y aura personne à l'hôpital, c'est trop tôt !

— Mais si, il y a toujours quelqu'un aux urgences... Je vais demander au chauffeur qu'il nous conduise aux urgences. Accroche-toi bien à mon cou que je ne te laisse pas tomber ! Il ne manquerait plus que ça... dans ton état ! Ce n'est pas seulement toi, c'est aussi la

La porte d'entrée s'est fermée. Fort, coupant net la phrase.

Le papa emmène maman à l'hôpital. Petit Jean ne sait pas ce que c'est que l'hôpital, mais il sait qu'on y va quand on est très malade. Il l'imagine comme une immense pièce avec un médecin qui vous fait des piqûres. C'est pourquoi même les grandes personnes ont peur d'y aller. Ou alors elles n'ont pas peur mais elles sont tristes et elles disent il faut que j'aille à l'hôpital voir... et elles reviennent en disant ça va mieux et elles sont gaies ou ça va mal et elles sont malheureuses. Il le sait parce qu'un jour mémé est partie à l'hôpital et maman allait la voir tous les jours. Et petit Jean qui était tout petit à l'époque — il y a au moins un an — disait : « Je veux aller voir mémé. » Et maman refusait : « Les enfants n'ont pas le droit. J'embrasserai mémé pour toi. »

Et le faux papa emmène maman à l'hôpital. Il la tenait dans ses bras comme maman me portait quand j'étais un bébé.

Petit Jean clame son chagrin, son amour pour maman. Il sanglote — il peut puisqu'il n'y a personne pour lui dire de se taire — blotti derrière la porte. Il est seul, dans l'appartement. Maman est à l'hôpital où le papa l'a portée et petit Jean n'a pas le droit d'aller la voir.

Seul. Et sa Peur en profite pour s'étendre, tout gagner, même la cuisine, même la chambre de maman, et petit Jean n'est plus qu'un rien qui gît au cœur de cette terreur.

Le jour se lève sous la porte en ce mince rai de lumière trop menu pour éclairer quoi que ce soit mais quand même un brin de clarté où petit Jean baigne le bout de ses doigts.

Faim. Soif. Pipi. Heureusement maman hier soir elle n'était pas malade avait vidé son pot. Mais Faim. Soif. Aussi faim, aussi soif qu'il a peur et il n'y a personne pour lui donner à manger. Maman est à... Peut-être elle ne reviendra jamais ni le papa et petit Jean restera seul dans le placard. Toujours. Un mot sans fin. Terrible.

La porte d'entrée. C'est maman ? Maman... Non, c'est le pas de le. Où est maman ? Je veux maman.

Le papa est entré dans la cuisine. Il ouvre la porte du réfrigérateur, prend une bouteille et petit Jean croit demander « où est maman », mais il supplie « j'ai faim ».

— Oh ! il ne manquait plus que celui-là. Je l'avais oublié. La paix là-dedans.

Un coup de pied ébranle la porte du placard.

— J'ai faim... maman, où est

La clé dans la serrure. La porte qui s'ouvre toute grande sur petit Jean et les pieds devant lui de le papa. Des pieds lourds, méchants, faits pour écraser les mains.

Petit Jean recule devant les pieds.

De haut, une voix grommelle : « Quoi encore... »

— Ma maman ne va pas mourir ?

Le pied recule, la porte se referme.

— Est-ce que je sais, moi ?

Maman... maman va mourir. C'est un mot que connaît petit Jean. Quand on meurt on va au ciel. Mais c'est loin le ciel, si loin qu'on ne peut pas en revenir.

Maman ne reviendra pas. Ne lui parlera plus. Ne lui donnera plus à manger j'ai faim.

LE PAIN ET L'EAU

Petit Jean dort. Il dort souvent sans savoir si c'est le jour ou la nuit. Il se réveille parce que le papa marche dans la cuisine, jure, claque les portes. Il est seul avec lui. Maman est au ciel d'où elle ne peut redescendre.

Il n'ose plus dire un mot et se recroqueville lorsqu'il entend les bruits qui disent : le papa ! Même plus « j'ai soif » ou « j'ai faim ». Une chose l'effraie plus que tout : son pot est plein et s'il fait à côté le papa le tuera. Tué c'est mourir. Mourir aller au ciel. Rejoindre maman qui l'y attend. Il sourit à cette idée. Mais il faudra combien de jours pour aller au ciel ? Ce doit être très loin et très long. Et comment va-t-il trouver le chemin qui le mènera à maman ? Mais au ciel le Bondieu qui est bon ne l'enfermerait pas dans un placard. Il le prendrait par la main et le mènerait à maman ! Est-ce que frère Jacques est déjà au ciel ?

Il gît sur son matelas, immobile, insensible. La petite voiture et Martin à côté de lui, abandonnés. Martin d'ailleurs refuse de parler depuis que maman est partie. Il ne chante plus frère Jacques. Même quand la porte d'entrée en se fermant très fort annonce le départ de le papa.

Petit Jean se retient tant qu'il peut pour ne pas faire pipi. Il a tellement besoin qu'il ne sent pas sa faim et sa soif. Et puis il ne peut plus. Pas sur le matelas surtout. Contre la porte pendant que le papa n'est pas là. Le pipi passe sous la porte... peut-être sera-t-il sec quand le faux papa rentrera. Alors il ne s'apercevra...

Petit Jean respire, soulagé, horrifié. Et l'autre chose ? Heureusement il n'a pas très besoin et puis c'est plus facile de se retenir que pour pipi.

Maintenant il sent la faim qui grignote son estomac comme une souris. Il y a combien de temps que le papa lui a donné un morceau de pain ? Depuis il est sorti, revenu, sorti, revenu, sorti. Surtout petit Jean voudrait boire. Il rêve qu'il boit mais le verre se vide quand il le porte à ses lèvres.

Que peut-il si petit pour lutter contre les pieds gigantesques de le papa qui vient d'ouvrir la porte.

Petit Jean s'enfonce dans le mur du placard.

— Bon sang ! quelle puanteur... ça sent dans toute la cuisine... à faire vomir ! Sûr que... son pot est plein à déborder ! Et il va falloir que je me charrie ça !

Les pieds sont immenses dans l'ouverture de la porte. Pour ne pas les voir, petit Jean cache sa figure dans la vieille robe de maman, pendue comme un guignol oublié.

Le papa est parti avec le pot, laissant la porte ouverte. La lumière lave le placard à grands jets de clarté. C'est rouge sous les paupières de petit Jean. Il les soulève un peu. Il voudrait tellement voir la cuisine ! Sur la table il y a du pain qui traîne. Manger. En titubant petit Jean sort du placard, va voler le pain sur la table et le cache vite, sous son matelas parce que les grands pieds arrivent. Il les entend. Le papa dit un gros mot en jetant le pot vide dans le placard.

— Et tâche de le conserver propre jusqu'à ce que ta mère revienne.

« Revienne », mot clé qui ouvre l'avenir : maman n'est pas au ciel ; elle va être là et prendra petit Jean sur ses genoux comme avant.

Et quand le papa va voir que le pain a disparu il tuera petit Jean. Mais il ne veut plus aller au ciel puisque maman revient !

Soif !

Petit Jean s'est mis à genoux devant la porte qu'il prie « soif ».

Les pieds de le papa vont vers la porte d'entrée. Soif. Il est parti. Petit Jean essaie de mâcher le pain volé mais il ne peut pas l'avaler. Il a trop soif. Sa main se cramponne à la poignée de la porte et la secoue.

Il est retombé sur le matelas. Soif...

Petit Jean ne dort pas. Il n'est pas éveillé. Il est un désir intense que rien ne vient rassasier. Sa bouche est sèche et en même temps comme s'il y avait de la colle dedans.

— Alors, tu la prends ton eau ou quoi ? c'est pas la peine d'en demander qu'on t'entend du palier !

Petit Jean tend des mains avides vers le bol dont le trop-plein mouille son visage tendu. Ses doigts s'y accrochent, crochus. Il boit goulûment à longues goulées.

— T'imagine pas que je vais t'en donner tous les

quarts d'heure. On dirait un animal quand tu bois... un chien !

Petit Jean a posé son bol, retient entre ses mains serrées les gros pieds qui reculaient, pour empêcher de partir l'homme, si grand que sa tête touche presque le haut du placard. Il ne pourrait pas y tenir.

— Ma maman elle est guérie ? Elle va revenir ?

La porte s'est refermée. Le faux papa n'a pas répondu.

Combien de jours ? De temps en temps un morceau de pain, un verre d'eau. Quand maman était là... Il y avait pire que le placard et petit Jean ne le savait pas.

Son cerveau s'embrouille dans des pensées qui s'échappent, reviennent. Oiseaux du noir qui s'appellent Faim, Soif, Maman.

Le téléphone. C'est maman. Le papa rit.

— Je viendrai te chercher à deux heures... Ça tombe bien, un samedi !

— ...

— Petit Jean, mais oui, ça va ; je lui donne à manger et à boire, évidemment. Tiens, je suis en train de lui préparer un sandwich !

— ...

— Non, je ne lui ai rien dit pour que tu lui fasses la surprise. Mais parle-moi de...

Maman pense à moi, à l'hôpital. Maman va revenir. Samedi, c'est quand ? Aujourd'hui ?

Il colle son oreille à la porte pour bien entendre le papa qui parle à maman qui parle de moi.

— Ah ! ils préfèrent la garder quinze jours en

couveuse. Oui, bien sûr, mais j'avais espéré... enfin le principal...

Petit Jean cesse d'écouter cette conversation où il ne s'agit plus de lui. Il tient dans son cœur cet oiseau doux : « Maman va rentrer à la maison. »

Le papa a raccroché le téléphone. Il ouvre toute grande la porte du placard. Il va me faire sortir pour le retour de maman !

Il tend un verre d'eau et un gros morceau de pain avec quelque chose dedans.

— Je vais chercher ta mère à l'hôpital. Sois sage quand elle reviendra. Elle a été malade. Il ne faut pas lui faire de la peine.

Sa voix est moins méchante. Il a refermé la porte du placard avant que j'aie pu ouvrir grands mes yeux.

De la cuisine il dit :

— Dans le pain il y a un morceau de viande.

— Qu'est-ce que tu as mangé à midi, petit Jean ?

— Oh ! un gros morceau de viande, maman.

— Tu es gentil, Paul.

L'ATTENTE

Compatissante, la Peur s'est éloignée de petit Jean. Allongé sur le matelas il sourit comme il souriait dans son lit lorsque maman venait le border et lui donnait un long baiser pour la nuit.

Maman est rentrée et puisqu'elle a pu revenir du ciel non de l'hôpital mais c'est pareil tous les miracles sont possibles. Demain elle ouvrira la porte du placard et elle dira : « Sors, petit Jean » Et elle me prendra sur ses genoux et elle me fera un câlin grand comme ça... et elle m'embrassera très fort en me serrant contre elle et le soir je coucherai dans la salle à manger. Et le faux papa ne dira rien parce que c'est ma maman à moi et que lui n'est pas mon papa.

L'espoir, comme une fable, enchante petit Jean. C'est la fin d'un cauchemar de sorcière qui se termine en conte de fées. Le noir devient rose et bleu. Ce soir il est un peu triste parce que tout cela il l'avait rêvé avant son arrivée et maman ne l'a pas embrassé, pas fait sortir du placard. Il ne l'a même pas vue : « Il faut qu'elle se couche en arrivant », a ordonné le docteur. Elle lui a dit bonsoir à travers la porte, mais c'était le plus merveilleux des bonsoirs. Demain tout se passera comme ce doit être. Petit Jean est aussi sûr de cette fin heureuse que la bergère d'épouser le Prince charmant. Il lui faudra être beaucoup plus grand pour apprendre que parfois c'est le loup qui croque la bergère.

— Tu as bien dormi, petit Jean ?

— Oh oui, maman ! Tu as été très malade ?

— Je n'ai pas été malade, petit Jean !

— Alors pourquoi tu es allée...

Dialogue à travers une porte. Maman boit le café au lait que le papa lui a préparé avant de partir au travail. Il a emporté la clé du placard, maman ne peut pas l'ouvrir.

— Tu ne devines pas, petit Jean ? Tu sais bien qui devait arriver !

— Un petit frère ! tu as pondu un petit frère.

— Une petite sœur.

— Oui, un petit frère-sœur. Je veux la voir.

— Tu la verras dans quinze jours.

— Où est-elle ?

— A l'hôpital ; on l'a mise dans une couveuse.

Couveuse. Les poules couvent les œufs et au bout de quelque temps le poussin casse sa coquille et sort tout jaune.

— Dans quinze jours elle cassera sa coquille ?

— Quelle coquille ? J'irai la chercher pour la ramener à la maison.

— Je la verrai ?

— Bien sûr !

Maman chantonne en lavant son bol. Petit Jean a soif et faim mais il n'ose rien réclamer. Puisque le placard est fermé à clé et que le papa a emporté la clé maman ne pourrait pas lui ouvrir et elle aurait de la peine.

Le papa est rentré pour déjeuner et après, quand il a été reparti, maman a ouvert le placard. Elle n'a pas embrassé petit Jean, mais elle lui a donné une assiette de purée et un grand verre d'eau. Elle est belle ma maman. Elle n'a plus son gros ventre puisque la petite sœur en est sortie.

— Je vais m'allonger, petit Jean. Le docteur a dit...

— Maman, embrasse-moi !

Une rapide caresse sur la joue.

— Sois bien sage.

La vie a repris son cours normal : petit Jean dans le placard. Maman lui dit bonjour tous les matins à travers la porte ; le soir elle ne dit pas bonsoir parce qu'il y a le papa qui l'empêche.

— Maman, tu ne me fais pas sortir ?

— Non, pas encore. Tu voudras t'asseoir sur mes genoux. Il faudra que je m'occupe de toi. Je suis trop fatiguée. Le docteur a dit...

« Le docteur a dit... » Mots magiques.

Papa et maman sont dans la cuisine. Ils sont gais. Ils rient. Ils parlent de la petite sœur. Ils ont été ensemble la voir à l'hôpital.

— Encore huit jours ! Ce que ça peut être long..

— ... la prendre dans tes bras et l'embrasser. Tu en meurs d'envie ? Avoue !

— Tu as vu ce que j'ai acheté pour elle : les petits chaussons, les bavoirs... J'ai demandé à la vendeuse. Elle m'a dit tout ce qu'il fallait. J'en ai pris assez ?

— Bien trop ! Tu en es fou de ta fille...

— Tu peux le dire. Et ce qu'elle est jolie... une vraie poupée.

Appuyé contre la porte, petit Jean écoute avidement. Comme il a envie de voir cette petite frère-sœur. Est-ce qu'il aura le droit de jouer avec elle ? Non... un bébé ça ne marche pas. Il pourra — bien sûr il sortira du placard le jour où elle arrivera — juste l'embrasser. Doucement pour ne pas la casser.

Maman chante toute la journée et le canari lui répond. Le canari, c'est une surprise de le papa pour elle. Maman l'a trouvé le jour où elle est rentrée de l'hôpital. Elle a dit : « Oh ! un petit oiseau ; j'en avais tellement envie... »

Petit Jean n'a pas vu le canari. Maman ne l'a pas encore fait sortir du placard. Pourtant il voudrait bien être lavé et qu'elle lui coupe les cheveux et ses ongles trop longs le gênent. Il les ronge pour les raccourcir.

L'oiseau est dans une cage comme lui dans le placard. Pourtant il est joyeux et sautille d'un barreau sur un autre. L'Oreille écoute le bavardage du serin et suit ses mouvements. Sa cage doit être tout près du placard. Petit Jean l'entend s'ébrouer quand il prend son bain et maman change son eau tous les jours et lui donne des graines. Petit Jean suit sur le noir du placard les gestes clairs de maman. Quand la petite sœur sera là...

Il ne sait pas ce qui le rend le plus heureux : sortir du placard ou la voir ?

— Noëlle, c'est un joli nom que tu lui as trouvé !

— Puisqu'elle est née le mois de Noël...

Noël, on est à Noël... petit Jean rit à un arbre avec

des boules de toutes les couleurs et mémé est là. Il pense de moins en moins à mémé et c'est comme un rêve qui s'effiloche au réveil. Mais aujourd'hui il la retrouve car elle fait partie de la fête de Noël. Elle y a sa place comme le sapin et l'oie dans le four.

Maman fait toujours un arbre pour petit Jean. Cette année ce sera pour petit Jean et petite sœur. Et une crèche avec l'enfant Jésus couché dans la paille.

Il ferme les yeux pour mieux savourer cette vision de bonheur retrouvé. Et maman nous emmènera tous les deux voir les vitrines !

— Ce que ça pue là-dedans. Il faut quand même que je m'en occupe. Après, avec le bébé je n'aurai plus le temps. Sors, petit Jean... Eh bien, qu'est-ce que tu attends ? Tu ne sais plus marcher ?

Les paupières comme des rideaux, pour voiler le jour qui brûle les yeux, petit Jean s'agrippe à tout ce que ses mains aveugles trouvent : la porte, une chaise...

— Mais qu'est-ce que tu as ? On dirait un fantôme ! Secoue-toi un peu. D'habitude tu aimes bien sortir. J'ai mis une cuvette avec de l'eau et du savon sur la table. Lave-toi. Et tu te changeras. C'est même pas à mettre dans la machine ce que tu as sur toi tellement c'est sale. Il y a du linge propre sur la chaise à côté. Pendant ce temps je vais nettoyer ton placard.

Elle dit « ton placard », naturellement, comme elle dirait « ta chambre ».

— Tu ne me laves pas, maman ?

— A cinq ans tu es assez grand pour le faire tout seul. Déshabille-toi, voyons !

Tout tourne autour de petit Jean une gigue fantastique : les casseroles, l'évier, le fourneau, les bols du matin. Ils courent les uns après les autres. Petit Jean les aperçoit en entrouvrant — vite les refermer — les yeux... la lumière fait mal. S'il osait, il rentrerait dans son placard, mais maman y fait le ménage.

Il tient ses yeux ouverts maintenant, presque complètement. La danse frénétique se ralentit, les casseroles reprennent leur place, sagement accrochées au mur, les bols sont dans l'évier attendant d'être rincés. Et, sur la table, il y a comme a dit maman. Mais la table est loin, il a tellement de mal à marcher. Je ne sais plus parce que je suis couché, à genoux, dans le placard. Debout aussi sur le matelas mais il n'a qu'à allonger le bras pour trouver la vieille robe de maman.

Petit Jean avance précautionneusement, un pied puis l'autre, à nouveau le... trébuche, se rattrape à la chaise. Ses jambes fléchissent, malhabiles, le jetant sur la gauche, la droite.

— Mon Dieu, que tu es maladroit ! Qui m'a donné un garçon pareil...

Soupir.

Maman l'a pris sous les bras, l'a déshabillé, vite fait. Ma maman.

— Maintenant tu peux quand même te laver et te rhabiller tout seul !

Il passe, comme d'habitude le fait maman, une serviette mouillée sur son corps, sa figure, lave ses mains dans la cuvette ; c'est fatigant !

Il ne sait pas qu'il a l'air, en effet, d'un fantôme. Un fantôme d'enfant, d'un blanc de suaire, et qui n'a plus que des os sous la peau crayeuse.

Sa mère non plus ne le sait pas. Elle a autre chose à faire qu'à le regarder : retourner le matelas, machinalement comme lorsqu'elle fait le lit en grand, remettre le pot — il y a juste la place, entre la porte et le matelas. Ah ! son ours. S'il ne l'a pas il fera une comédie...

Petit Jean passe difficilement ses jambes mal essuyées dans le pantalon propre. Enfile le tee-shirt.

— Maman, tu ne veux pas me couper les cheveux ?

— Ah non ! je n'ai pas le temps... tu es lavé et habillé, bon. Eh bien, rentre dans ton placard.

Le fantôme de petit Jean a envie de courir et de sauter comme autrefois, lorsqu'il était dans la vie. Mais c'est son esprit qui en a envie. Son énergie, sa force, presque son bonheur : mettre un pied l'un devant l'autre sans tomber... comme lorsqu'il était un bébé de dix-huit mois qui allait vers les bras grands ouverts de maman.

— Je ne peux pas rester un peu dans la cuisine ?

— Non...

Il sourit, arrêté. Il a vu la cage et le canari. Il est tout jaune comme un poussin, et sa gorge de plumes vibre sous ses roulades. Petit Jean le regarde très fort pour bien l'emporter dans ses yeux intérieurs et le mettre dans le placard.

— ... il faut que je sorte. Qu'est-ce que tu as à rester planté là, au milieu de la cuisine ?

Il lève vers sa mère son sourire d'enfant :

— Embrasse-moi maman s'il te plaît.

Un baiser rapide sur le front de petit Jean et une promesse fabuleuse:

— Demain je ramène ta petite sœur à la maison. Je te la montrerai.

C'est pour ça que maman l'a fait se laver et se changer. Demain il y aura une grande fête pour l'arrivée de la petite sœur et la sortie du placard de petit Jean.

PETIT FRERE-SŒUR

— J'irai avec toi la chercher à l'hôpital. Après le travail, à sept heures, ça ira ?

— Non, c'est impossible. Les sorties, à la maternité, se font entre deux et quatre heures.

— Oh ! moi qui me faisais une telle fête...

Petit Jean écoute vaguement. « Hôpital. » C'est là où était maman, où la petite sœur va sortir de l'œuf... Hôpital. L'Oreille se tend, écoute-voit. Le papa et maman finissent de dîner. Ils sont chacun d'un côté de la table. Le papa se sert un verre de vin. Le bruit de la bouteille. Il la repose sur la table. Maman a sa robe bleue. Petit Jean l'a vue quand elle lui a apporté une assiette de soupe pour son dîner. Elle rit, maman.

— Tu la retrouveras ici, en rentrant.

— Dans son berceau ?

— Ou dans mes bras. Ce sera l'heure de la tétée. Je dois continuer à la nourrir au sein. Le docteur a dit...

Elle boira le lait de maman. Moi aussi quand j'étais tout petit maman me prenait dans ses bras et

— ... très important pour une prématurée.

je tétais. Petit Jean ne se le rappelle pas, bien sûr, C'est pourtant comme s'il s'en souvenait. Il s'enfonce dans un autrefois oublié mais retrouvé où maman le berce et où...

— Dis donc, j'aimerais bien être à sa place !

— Veux-tu te taire... Tu n'as pas honte !

— Je plaisante ! Mais c'est vrai : c'est... enfin quoi, tu as de beaux seins et la petite qui prend ton bout dans sa bouche. Je ne sais pas m'exprimer mais ça me fait tout drôle : heureux ! Je suis content que tu la nourrisses.

Petit Jean sent dans sa bouche de bébé le lait tiède de maman. Un bonheur vague le berce, l'ensommeille, parti à la recherche confuse de sensations qui ont été.

— Et ton fils, tu l'as aussi nourri ?

— Non, pas lui. J'avais peur, j'étais si jeune, de m'abîmer les seins.

Petit Jean fuit dans un rêve où il tient entre ses lèvres un sein qu'il tète avec une gourmandise satisfaite.

— Tant mieux ! Je n'aurais pas aimé...

Il dort en suçant son pouce. Heureux.

Petit Jean ne s'est pas réveillé avec en lui cette joie émerveillée depuis... depuis... C'est un peu comme lorsqu'il ouvrait les yeux le matin dans son lit, sachant qu'il allait passer la journée à la campagne chez marraine, mais en cent fois, mille fois plus fort.

Aujourd'hui la petite sœur arrive. Elle est sortie de l'œuf. Donc petit Jean sort du placard-œuf. Deux événements qui n'en font qu'un. Est-ce qu'elle sera jaune comme un poussin ? Il rit à l'idée de cette petite sœur toute jaune.

La Peur s'est cachée dans un coin. Elle n'a pas le droit de se montrer. Elle est minuscule comme une puce et pas plus irritante. Le cordon de lumière sous la porte est couleur de soleil... maman et le canari chantent dans la cuisine. Le canari jaune comme un poussin...

Le papa est parti. Il ne rentrera pas déjeuner. Tant mieux, petit Jean aura maman pour lui tout seul. Peut-être le fera-t-elle sortir du placard avant la venue de petite sœur. Pour qu'elle le voie tout de suite quand elle arrivera dans les bras de maman.

— Maman, est-ce que...

Mais maman n'est plus dans la cuisine. Elle va et vient de sa chambre à la salle à manger. Elle prépare le berceau pour petite sœur et le divan-lit pour petit Jean ce soir. Il l'entend qui remue les meubles. C'est sûrement ça. Elle va avoir « beaucoup de travail avec un bébé » elle a dit à le papa. Mais petit Jean l'aidera. Il chantera Frère Jacques, dormez-vous à petite sœur pour qu'elle fasse dodo, l'enfant do... comme maman le lui chantait le soir pour qu'il s'endorme. Maintenant c'est lui qui le chantera à...

— Maman...

— Qu'est-ce que tu veux ? Je suis pressée. Tu sais bien pourtant qu'aujourd'hui...

— Oh oui, maman ! Quand vas-tu la chercher ?

— Je te l'ai déjà dit, après déjeuner.

Dialogue d'aveugles. Ils ne se voient ni l'un ni l'autre.

— Avant, tu...

— Avant quoi ? Finis tes phrases... ce que tu peux être exaspérant !

« ... me sortiras du placard ? » mais il l'a dit à voix

muette pour ne pas fâcher maman si elle veut ouvrir la porte seulement quand petite sœur sera là.

Le canari trille une vocalise qui paraît ne jamais devoir finir. Il est tout joyeux, comme petit Jean. Pourtant maman ne lui ouvrira pas la porte de sa cage, il s'envolerait.

Maman est partie aussitôt après déjeuner à l'hôpital comme chaque jour pour voir petite sœur et lui donner à téter. Mais d'habitude elle revient toute seule et le soir elle dit à le papa :

— Ça me fait toujours de la peine de la laisser quand je m'en vais.

Mais aujourd'hui maman n'aura pas de peine puisque...

— Je reviendrai avec Noëlle.
a-t-elle promis à la porte avant de partir. Elle n'a pas fait sortir petit Jean. Elle lui a donné à manger dans le placard. C'est donc en revenant qu'elle lui ouvrira...

Il sourit à ce futur extraordinaire.

Il essaie de marcher en s'appliquant à bien poser ses pieds l'un devant l'autre, sur le matelas : 1, 2, 3, 4, 5. Il sait compter tous les doigts de la main, et il les compte en même temps que ses pas. 1, 2, 3, 4, 5... : toute la longueur du placard. Quand il arrive au bout il se retourne et les fait dans l'autre sens. C'est très fatigant, d'autant plus que les chaussures s'enfoncent dans le matelas mou. Mais il faut qu'il sache bien marcher. Quand maman l'a fait se laver il ne savait plus. Pourtant il marchait, il courait... mais tout va reprendre comme avant avec en plus sœur Noëlle.

Il s'est laissé retomber sur le matelas. Son cœur bat si fort qu'on dirait qu'il va sauter hors de sa poitrine. Il saute, comme le canari de barreau en barreau. Quand il est calmé, petit Jean recommence à marcher...

Et puis il renonce. Il attend maman, couché. Il se lèvera et marchera vers petite sœur, il bat des mains joyeuses, tout à l'heure.

C'est long et loin tout à l'heure. Il semble à petit Jean que toute la journée est passée depuis que maman est partie.

Et la Peur, insidieuse, commençait à sortir de son trou et à marmonner dans l'oreille de petit Jean ses choses abominables.

Quand la clé a tourné dans la serrure de la porte d'entrée.

— Mon bébé chéri, te voilà chez toi, avec ta maman. Oh ! ma Noëlle, regarde le beau berceau qui t'attend. Tu veux rester dans mes bras... Ne pleure pas, ma chérie, ne pleure pas, mon bébé.

Monbébé c'est petit Jean et petite sœur. Petite sœur est là avec maman qui va m'ouvrir...

De ses ongles trop longs il gratte la porte comme un chat, c'est tout ce qu'il peut faire. Il est épuisé de bonheur, d'inquiétude, de joie, d'angoisse. Pourquoi maman ne lui ouvre-t-elle pas puisque petite sœur est là ? Maman, maman...

— Dodo, l'enfant do... non, grosse gourmande, ce n'est pas l'heure de la tétée. Maintenant il faut faire dodo !

L'enfant do, chantonne-chuchote avec maman petit Jean. Maman, maman, je veux sortir pour voir petite sœur.

Mais le canari s'égosille pour couvrir la voix de

petit Jean et maman ne l'entend pas. Elle s'occupe du bébé. C'est vrai elle ne peut pas ouvrir la porte du placard avec petite sœur dans les bras. Il faut qu'elle la couche d'abord... Elle ouvrira ensuite.

— Oh, mon bébé joli, ma mignonne petite fille, chante la voix câline de maman...

Tous les mots puérils, pareils, constamment nouveaux pour chaque mère, sont sur ses lèvres. Ainsi il y a cinq ans et six mois les murmurait-elle à petit Jean. Mais elle ne s'en souvient plus tandis que lui les entend résonner à l'intérieur, au cœur même de lui, et c'est pour lui qu'elle les dit et il est à nouveau...

— Mon bébé... Mon plus beau que tout !

— Oh ! ma maman...

L'oiseau s'est tu. Petite sœur s'est tue, et la voix faible de petit Jean s'élève, forte :

— Maman...

— Chut !

— Mais...

— Tu vas réveiller Noëlle. J'ai eu assez de mal à l'endormir !

Murmure derrière la porte. Sur le même ton de confidence, petit Jean dit :

— Tu m'avais promis...

— Oh, c'est vrai, de te montrer ta sœur... je ne pourrai donc jamais avoir la paix ! Bon, je t'ouvre, mais il faut que je déplace le berceau, il est juste devant.

JE T'OUVRE. Mots magiques attendus depuis si longtemps... JE T'OUVRE.

— Ne fais pas de bruit. Surtout ne va pas me la réveiller.

La clé tourne dans la serrure de la porte du placard comme il y a quelques minutes une autre clé a tourné dans celle de la porte d'entrée... Mais c'est le même coup de bonheur qui coupe la respiration de petit Jean.

La porte s'est grande ouverte et, dans l'encadrement, juste devant le placard, il y a un berceau rose avec une poignée de chaque côté et dedans une petite chose toute fripée avec deux poings serrés gros comme des noix.

Dans l'encadrement de la porte petit Jean est à genoux. Il n'a même pas à marcher vers la petite sœur puisqu'elle est là devant lui comme l'enfant Jésus dans sa crèche, à Noël. Noëlle ! Il rit de joie.

— Chut !

— Ellc est belle, maman.

— Oui, eh bien maintenant que tu l'as vue, repousse-toi que je puisse refermer la porte de ton placard.

Petit Jean pleure. Des larmes inhabituelles. Après les sanglots du début de sa capitivité il n'a guère pleuré. Il a été malheureux. Il s'est ennuyé. Il a eu faim, soif, quand maman oubliait... Presque des habitudes ! Mais là c'est quelque chose de nouveau, d'inattendu, qui fait ruisseler les larmes, en pluie de tristesse, sur ses joues.

Et la peur aussi qui l'habite est nouvelle. Ce n'est plus celle des ténèbres, mais un effroi nouveau, incompréhensible et plus effrayant que n'importe quelle terreur fantomatique. Une peur métaphysique qui pourrait être celle d'un adulte. La peur panique que maman ne m'aime plus puisqu'elle n'a pas tenu sa promesse, qu'elle ne m'a pas fait sortir du placard, sortir pour toujours, quand est arrivée la petite sœur.

En même temps une voix obscure lui dit que maman n'a jamais rien promis. La voix de la raison ?

Quand il a eu quatre ans maman lui a dit : « Maintenant tu as l'âge de raison. » Et il a crié : « Je ne veux pas avoir l'âge de raison. » Et maman l'a pris sur ses genoux en riant : « Mais c'est bien ! C'est parce que tu es un grand petit homme, plus un bébé... » Et il s'est débattu contre la cruauté de la vie qui l'arrachait à son premier univers : « Je ne veux pas être grand ! »

Il est grand puisqu'il a maintenant un point de comparaison : sœur Noëlle est petite.

Mais il ne l'est pas assez pour savoir que les mois d'emprisonnement comptent pour des années.

Et il y a ce débat affreux en lui :

J'ai cru que maman allait me faire sortir et je me suis trompé...

Maman m'a menti ; elle n'a pas tenu sa promesse de me faire sortir...

Ce n'est ni bien clair et net, ni posé comme un problème rationnel auquel on peut apporter une solution, si mauvaise soit-elle, mais c'est pourtant le visage de la nouvelle peur de petit Jean.

De toute façon, maman ne l'aime pas, ou ne l'aime plus, puisqu'elle le laisse en prison.

Il écoute les mots tendres, les mots d'amour dont elle berce le bébé et, retiré en lui-même, redevenu cet être vagissant de quelques jours, il les prend pour lui. C'est à lui, devenu le petit frère-sœur, que maman chante des berceuses. A lui qu'elle donne son lait. Lui qu'elle prend dans ses bras et il s'y endort apaisé, calmé.

Pour se réveiller, petit Jean de cinq ans, terrorisé par le manque d'amour. Gerfaut jeté à cruels coups de bec hors du nid maternel.

Tous les mois qui viennent de s'écouler, au pain de douleur et à l'eau de tristesse, ne sont rien à côté de cette découverte épouvantable, de cette réalité qui a cessé d'être brumeuse pour devenir dure, inhumaine : maman ne m'aime pas... plus...

Une peur-angoisse insoupçonnée jusque-là. Jusqu'à ce jour qui devait être de délivrance. Seule, petite sœur a été délivrée. Lui, parce que maman l'exige, il reste enfermé. Ce n'est plus le faux papa seulement. C'est maman avec le papa.

Et sa terreur est telle qu'il frissonne et grelotte et a froid, tellement froid que seuls les bras maternels pourraient le réchauffer...

Mais c'est petite sœur que maman enveloppe dans ses bras. Ce n'est plus lui, sauf s'il redevient le bébé qu'elle est. Fantasme qui lui permet de survivre.

« Je suis folle de mon bébé

« Je n'aime que lui au monde

« C'est le plus beau de tous les bébés

« Le plus beau de tous les bébés du monde... »

Sur un air de musique populaire, sur l'air archi-connu de l'amour maternel, petit Jean vit, hors de sa vie, une vie qui a été, qui n'est plus et qui pourtant est : il suffit qu'il devienne petit frère-sœur.

NOEL - NOELLE

L'oiseau chante. Peut-être, de la seule manière qu'il ait à sa portée, demande-t-il qu'on lui ouvre sa cage, pense petit Jean.

Pense ? C'est plutôt une sensation qu'une pensée. Il n'est plus sentiment mais corps. Corps furieux d'une tristesse affreuse. De toutes ses minables forces il frappe la porte du placard, à se casser les ongles, à faire saigner ses jointures. Et hurle d'une voix atone qu'il veut qu'on le sorte de prison. Le cri de tous les innocents. Qui les a jamais écoutés ?

Le canari s'égosille. La radio rocke, et maman dans sa chambre chante une berceuse à Noëlle. Comment entendrait-on l'innocent ?

Mais il croit dans son innocence qu'on le peut et que maman va juger son procès. Il ne fait plus pipi au lit, il ne crie plus sauf pour demander justice et ce sont des cris si faibles... il ne repousse plus son assiette en disant « j'aime pas ». Alors, pourquoi ne le laisse-t-on pas sortir de sa prison de misère ?

Le « pourquoi » de tous les martyrs.

Et il retombe sur son matelas, épuisé. Sans cri,

sans sanglot, sans larme, sans force, sans âme, sans cœur.

C'est ainsi : de temps en temps encore il se révolte. De moins en moins, de moins en moins souvent.

Maman a ouvert la porte en se pinçant le nez.

— Au moins, chez les bébés, ça ne sent pas mauvais !

Elle a pris le pot en l'éloignant le plus possible d'elle.

« Mais je suis ton monbébé, maman... »

Elle ne l'a pas entendu. Il parle dans sa tête.

Il y a eu le bruit de la chasse d'eau. Et puis maman est revenue un peu plus tard — c'est long, loin, plus tard — en tenant un grand seau. Bleu.

— Tiens, tu feras tes besoins là-dedans. Ça sera plus pratique pour moi. Je n'aurai pas à le vider deux fois par jour.

Avant de s'en servir, petit Jean a joué avec. Il y a mis Martin afin qu'il y prenne un bain et il a frotté très fort l'ours pour qu'il soit bien propre. Comme maman le fait pour lui. Il y a longtemps que maman ne l'a pas lavé. Noël c'est dans deux jours a dit le papa. Peut-être que pour Noël maman le lavera ? Depuis que petite sœur est arrivée pas une fois maman ne l'a fait sortir du placard.

— Oh, le bel arbre ! Tu as pensé à en acheter un ? Toi, un homme !

— Eh ben quoi, c'est Noël... Et le premier Noël de la petite. Il fallait le marquer, non !

La voix de maman est gaie. L'Oreille s'ouvre toute grande, immense, pour bien tout voir. Le sapin est vert. Maman va y mettre...

— Des guirlandes, tu en as ? Je n'en ai pas acheté parce que j'ai pensé qu'il t'en restait des années précédentes.

— Oui, bien sûr. Et puis des boules aussi ! Je fais un arbre tous les ans pour...

Pour moi maman fait l'arbre de Noël.

— Cette année ce sera pour Noëlle. Un Noël pour Noëlle !

Le faux papa je le déteste rit. Noël, ma petite sœur, l'arbre. Maman me fera voir l'arbre.

Il ne pense plus qu'il sortira un jour du placard. Même le jour de la fête de Jésus. Ou plutôt il y pense encore comme une pécheresse pense au paradis : un immense espoir sans espoir.

— Elle est trop petite pour comprendre tu sais... mais tu as bien fait. Donne-moi la bombe pour la neige.

L'arbre vert est tout blanc maintenant.

— Voilà les boules... regarde ça si c'est mignon : une petite cafetière en verre filé... Elle date de mon enfance ! Comment ne s'est-elle pas cassée ?

La cafetière est entre les doigts de petit Jean, apportée par l'Oreille. Elle est en argent avec des dessins en sucre dessus et elle tient dans ma main. Maman ne la sort que pour Noël et j'ai juste le droit de passer le doigt dessus. Elle est si belle la minuscule cafetière. Elle éblouit des mille feux de l'amour.

— Attends, ce n'est pas tout. Comme on ne pourra pas aller réveillonner dehors à cause de notre bébé j'ai apporté le réveillon à la maison. Regarde : ce paquet...

— Qu'est-ce que c'est ?

Maman coupe les ficelles du paquet de papa. L'Oreille apporte la vision des ciseaux. Petit Jean sait, lui aussi, couper les ficelles quand mémé ou marraine — des personnages oubliés qui ne surgissent que dans certaines conditions — lui font un cadeau. Pour son anniversaire ou pour Noël. Va-t-il avoir un cadeau pour Noël ? Le plus beau serait... Non, cela n'est plus possible. Au fond de lui c'est une certitude. Mais peut-être... Peut-être quoi ? Il ne le sait pas très bien. C'est trouble et confus et flou, mais il désire tellement quelque chose... N'importe quoi !

— Une langouste et du foie gras... Oh, mon chéri ! que tu es gentil...

Petit Jean tire la langue à la langouste. Maman et moi aussi j'aime bien la langue. Maman en fait souvent. Il y a une sauce avec des petits trucs verts qui piquent la bouche. C'est bon. Sa langue à lui pourchasse sur ses lèvres le souvenir d'un goût perdu. Ouste c'est le nom de la sauce. Le papa a apporté de la langue à la sauce ouste. J'aime bien aussi le pot-au-feu et puis le poulet rôti. Peut-être y en a-t-il un pour Noël maman fait un gros poulet qu'elle appelle oie...

Il lèche le fond de l'assiette de soupe : son dîner. Demain maman lui donnera un morceau de poulet et elle le lui coupera dans son assiette comme lorsqu'il était petit.

L'Oreille a cessé de capter les mots sans intérêt qui ne se révèlent pas en images. Elle revient à l'écoute sur un mot clé qui permet de voir.

— ... guirlandes, celle-là d'abord, la blanche... et puis la dorée. Je vais en mettre une aussi dans le bouquet de houx. Ah ! voilà la guirlande électrique. Tu vas voir comme mon arbre est beau, tout illuminé. Eteins d'abord.

La raie lumineuse sous la porte s'en va. La cuisine n'est plus éclairée que par l'arbre de Noël. Les lumières dans le sapin comme de minuscules étoiles, c'est ce que préfère petit Jean. Il bat toujours des mains quand maman les fait jaillir, multicolores, de la nuit. Il bat des mains, si heureux.

L'arbre se dresse, irradiant de sa lumière surnaturelle le placard. Qu'il est beau ! Petit Jean tient ses paupières bien serrées pour mieux voir à l'intérieur de ses yeux. Ruisselant d'or et d'argent, ses boules précieuses, si précieuses que maman les cache toute l'année.

Et maman est montée sur l'escabeau pour mettre tout en haut de l'arbre l'Etoile de Noël. Tous les ans elle va la décrocher dans le ciel pour petit Jean. Cette année ce sera aussi pour Noëlle. Aura-t-il, lui, le droit de la voir ? Son cœur bat très fort à cet espoir... Il devait sortir le jour où petite sœur est arrivée à la maison mais maman n'a pas voulu. Elle la lui a juste montrée et depuis il ne l'a pas revue. C'est cela son cadeau de Noël, il le sait maintenant : voir le bébé tout neuf. Il aime tant cette petite sœur sortie de l'œuf... mais lui n'est pas sorti du placard alors que maman...

Ses yeux fermés sur le sapin le brûlent et le piquent. Pour les adoucir il pleure ; mais il l'ignore.

— Joyeux Noël, ma Noëlle ! Regarde, ses yeux sont grands ouverts ; elle a vu l'arbre. Oh ! les beaux joujoux que le père Noël lui a apportés.

Petit Jean serre dans sa main sa petite voiture. C'est le père Noël qui la lui a donnée.

— Elle sourit ! son premier sourire... Viens dans les bras de ton papa, mon trésor !

Le papa n'est pas le papa de Noëlle, c'est faux. Elle est le bébé de maman. Mais le papa veut la voler. Est-ce qu'il va l'enfermer dans le placard avec moi ?

L'Oreille entend les phrases joyeuses et les rires et les baisers de le papa et maman. Elle ne veut plus les écouter et se ferme. Mais ils passent sous la porte et petit Jean les cueille au passage : Joyeux Noël... Joyeux Noël !

Quelque part, un gros bourdon fait retentir le ciel des douze coups de minuit.

SEPTIEME MOIS

La nuit, petit Jean oscille vaguement entre un passé qui n'existe plus et un futur inexistant.

Le présent éternel c'est ce matelas sur lequel il gît, ménageant ses gestes fatigués. Il n'est plus, hors de la réalité, qu'un souvenir ou un désespoir.

Maman murmure quelque chose... l'Oreille se tend pour entendre la voix de maman qui parle toute seule. Elle ne parle pas au bébé...

— Huile !

... Le berceau de Noëlle est dans la chambre. Sinon l'Oreille entendrait ses cris, ses rires, ses pleurs. Petit Jean sait tout de petite sœur. Aussi bien, mieux peut-être que s'il vivait avec elle. Quand maman lui donne la tétée, quand elle ne veut plus dormir, quand elle se réveille. L'Oreille capte le moindre son. Si seulement petit Jean pouvait la revoir. Il se souvient de la seule fois où il l'a vue, les petits poings fermés, le nez froncé et le rose du berceau. Il n'a pas eu le temps de la regarder, comme le canari par exemple. Pour celui-ci, le plus léger gazouillis évoque une image. Il saute sur un barreau, plonge le bec dans la mangeoire, s'ébroue dans sa baignoire. Mais la petite sœur n'est pas en images. Elle n'est qu'en bruits.

C'est l'heure du déjeuner. Petit Jean la reconnaît au son des casseroles, à l'eau qui coule, à la porte du réfrigérateur qui s'ouvre et se ferme et puis maman parle comme maintenant, toute seule :

— Qu'est-ce que j'ai fait... Ah, le voilà, le couteau... Oh, mon Dieu ! l'eau qui bout et je n'ai pas épluché...

Aujourd'hui c'est :

— ... huile. Et Paul qui rentre justement déjeuner.

Mais la voix de maman n'est pas comme d'habitude.

— C'est qu'il y tient à sa salade, cet homme !

Elle est con-tra-riée. C'est un mot difficile. Maman est con-tra-riée lorsque petit Jean fait pipi au lit — mais il ne fait plus. Bien sagement, dans le seau qui a servi à laver Martin. Maintenant ce n'est plus possible. Martin reste comme petit Jean sans être lavé. Pourquoi maman est con-tra-riée ? Puisque le bébé ne pleure pas ? Quand il pleure, même dans la chambre, l'Oreille aux écoutes l'entend, et puis maman va vite voir en disant :

— Mon bébé, qu'est-ce qu'il a, mon bébé ?

Pourtant elle est allée dans la chambre. Elle en revient. C'est sûrement à petit Jean qu'elle parle.

— Elle dort comme un petit ange !

Oh oui, maman ! Je voudrais tellement la voir.

— Le temps de descendre et d'aller chez l'épicier. Il me servira tout de suite, je lui dirai que le bébé est seul. Je n'en ai pas pour...

Mais petite sœur n'est pas seule puisque je suis là... Pourquoi maman ne fait-elle pas sortir petit Jean du placard pendant qu'elle va faire ses courses. Elle emmène toujours Noëlle avec elle le matin et c'est petit Jean qui est tout seul... mais il ne risque rien, enfermé dans le placard.

Là elle ne prend pas petite sœur parce qu'elle va faire seulement une course chez l'épicier. Il est juste en bas. Avant c'était petit Jean qu'elle emmenait avec elle, mais maintenant il est...

— ... à la campagne, dans de la famille. Avec le bébé...

— Oh oui, vous avez raison. Un nouveau-né, ça vous prend tout votre temps.

Mensonges ! On ne peut quand même pas dire qu'on l'a enfermé dans le placard parce que Paul en a décidé ainsi dans un mouvement de mauvaise humeur : parce qu'il ne supporte pas l'enfant de cet autre, et que maintenant ils sont ligotés : « Si le petit parlait, allait le raconter, les gens trouveraient ça bizarre, pas bien... Ça, toujours prêts à se mêler de ce qui ne les regarde pas. Bon Dieu, j'ai pourtant bien le droit, chez moi, de... enfin, fais comme tu veux ! »

Maman, maman, ouvre-moi... je garderai petite sœur pendant que tu vas chez l'épicier.

Mais maman n'entend pas, n'écoute pas la voix inaudible de petit Jean. Franchit-elle seulement la porte du placard ?

Maman a tiré la porte d'entrée derrière elle et ce bruit a réveillé Noëlle. Elle pleure ; l'Oreille l'entend et la Peur en profite pour chuchoter que petite sœur va tomber du berceau, se faire mal, se casser. Pourquoi maman n'a-t-elle pas demandé à petit Jean... Pourquoi la porte du placard est-elle fermée ?

Il trépigne sur le matelas-lit. Crie « maman, la petite sœur... » comme si maman, de chez l'épicier, pouvait l'entendre.

Il s'est cramponné au bouton de porte pour se relever. La clé ferme la porte qui ne s'ouvre jamais.

Et le bouton tourne !

La porte s'ouvre comme si jamais elle n'avait été fermée. Maman, ce matin, quand elle a pris le seau et donné le restant de la soupe d'hier à petit Jean, maman, oh, maman ! a oublié...

Sous la poussée de petit Jean qui ne s'y attendait pas, c'est un rideau qui se lève sur le spectacle de la cuisine.

Il est là, étourdi, glissant le long de la porte comme une marionnette qui a cassé ses fils et il faut qu'il aille au secours de petite sœur, qu'il la remette dans son berceau, qu'il lui fasse un gros câlin pour la consoler... et si elle a un bobo qu'il l'embrasse en disant c'est fini, tu n'as plus mal. Comme maman le fait avec lui quand il tombe.

Il est assis par terre, et, de nouveau, tout tangue et roule... la lumière, le parquet, la cage de l'oiseau et l'oiseau dedans. Il se force à ouvrir grands les yeux ; il doit se mettre sur ses pieds et aller dans la chambre de maman voir si petite sœur n'a pas mal... Maman a fait exprès de ne pas fermer la porte à clé pour que petit Jean puisse aller au secours de bébé s'il tombe du berceau.

Il faut que petit Jean fasse ce que veut maman.

Il est arrivé à se relever et il se tient après la poignée mais s'il la lâche il va tomber. Il a mal au cœur. Un... deux... ses pieds ne savent plus les pas, ses jambes ne savent plus le poids de son corps trop lourd pour elles. Tout est trop difficile... et, quelques secondes, petit Jean a failli rentrer dans son placard pour effacer l'irréalité de la vie réelle. Pour pouvoir allonger ses jambes qui lui font mal et ne veulent pas marcher.

Il est retombé. Comment va-t-il faire pour aller à la chambre de maman, si loin, si loin... mais petite sœur s'est fait mal et maman le grondera s'il ne s'est pas occupé d'elle.

Il est à genoux, sa position habituelle, par terre, dans la cuisine. Avancer les mains, les poser sur le sol. Celui-ci ne glisse plus sous lui et il peut y tenir, agrippé comme une mouche ; comme lorsqu'il était bébé à quatre pattes. Et à quatre pattes, lentement, il avance, seconde par seconde, vers la chambre de maman où est petite sœur. Pourvu qu'il arrive à temps !

Il ne voit même pas sur la table les tranches de viande froide dans une assiette et le saladier tout prêt.

La Peur a menti. Le bébé dort. Il ne pleure pas, n'est pas tombé, ne s'est pas fait mal. Il dort, tout rose dans son berceau rose, et petit Jean le trouve si joli que, devant la chambre, il a arrêté sa glissade. Il regarde, émerveillé par « mon trésor » dit maman. Un « trésor » dit mémé, quand elle raconte une histoire « qui était tellement beau qu'il illuminait toute la pièce ».

Par petites secousses, par petits à-coups, il se laisse aller jusqu'au berceau, en prenant bien soin de ne faire aucun bruit pour ne pas réveiller le bébé qui dort.

A pas d'agneau il est arrivé devant petite sœur et la contemple, fasciné !

Il voudrait l'embrasser mais maman l'a défendu à le papa — l'Oreille l'a entendu — sauf sa petite main.

Elle a dit : « Il ne faut pas encore l'embrasser, elle est trop petite. »

A genoux devant elle petit Jean lève une main hésitante et caresse la toute mignonne menotte. Ne pas la réveiller ! mais il a tellement envie de caresser le duvet blond des cheveux. Poussin. La joue rose comme le berceau.

Il halète un peu. Il y a eu une si grande course dans la vie, dans la nuit, dans le jour, du placard à la chambre de maman.

Et, perdant l'équilibre, il tombe sur petite sœur qui, réveillée, devant cet animal inconnu qui la bouscule hors du berceau, hurle, hurle...

Ils gigotent tous deux par terre, aussi malhabiles l'un que l'autre, aussi incapables de se relever.

— Ma fille, il étouffe ma fille. Il l'a tuée, petit salaud.

Un rude coup de pied, celui d'un âne ou d'un homme furieux, fait rouler petit Jean à travers la pièce. Il se retrouve au pied du grand lit de maman, geignant en tenant son ventre. Qu'il a mal ! Et il se recroqueville sur sa douleur pour l'empêcher de s'étendre, de devenir de plus en plus violente. Il est tout en boule comme les petits cochons de saint Antoine, et de grosses larmes de souffrance jaillissent de ses yeux. Il ne sait même pas qui lui a fait mal et pourquoi.

— Bébé, tu n'as rien ? Ma petite Noëlle ! Pourvu qu'elle n'ait pas une jambe de cassée ? Sa tête... c'est que cette ordure tentait de l'étouffer ! Il y serait parvenu si je n'étais pas arrivé à temps. Voyons, bébé... dans les bras de papa tu ne risques rien. Ne pleure plus, c'est fini ! Et sa mère où est-elle passée ? Bon Dieu ! Denise...

— Mais qu'est-ce que c'est ? Paul ? Mon bébé, il est arrivé quelque chose à mon bébé. Donne-le-moi... là... là...

— Tu es folle ou quoi ? Laisser un nourrisson seul à la maison... encore si elle avait été seule ! Mais avec ce dingue qui tentait de l'étouffer...

— Et petit Jean est là aussi ! Mais comment ? c'est toi qui l'as fait sortir de son placard ?

— C'est ça ! pour qu'il aille tuer ma fille...

— Qu'est-ce que tu racontes ? Petit Jean voulait tuer Noëlle ? Je n'y comprends rien, explique-toi !

— La voilà l'explication !

Petit Jean a beau se replier sur sa douleur, la rouler à l'intérieur de lui pour l'adoucir. La douleur comme un galet dur que roule la mer. Il hurle son mal, mais plus fort il a entendu la paire de gifles que le papa a envoyée à maman et les larmes de celle-ci et les sanglots de Noëlle et les cris de le papa et une espèce de hurlement pareil à une sirène qui n'arrêterait pas. Il ne sait pas d'où il vient. Il ne sait pas que c'est lui qui pousse ce cri pareil à un sifflement comme si ses poumons se vidaient dans une suprême expiration !

— Oh, Paul, pourquoi ? Qu'est-ce que j'ai fait ?

— Je te l'ai dit — la voix est plus calme —, tu as laissé seul un bébé qui n'a pas un mois...

— Mais je suis descendue juste cinq minutes acheter une bouteille d'huile parce que...

— ... avec un dégénéré qui a tenté de la tuer. Voilà ce que tu as fait. Et je ne sais pas ce qui me retient de t'en balancer deux autres !

— Et petit Jean qui est là... mais qu'est-ce qu'il fait là ?

— Je te le demande !

— Ne hurle pas comme ça, petit Jean, c'est affreux !

Mal... man... si mal !

— Oui, bébé, là... là... Tète, ça va te calmer. Mais qu'est-ce qui lui est arrivé qu'il crie comme ça ?

— Je lui ai envoyé un coup de pied dans les parties, sans ça il tuait ma fille !

Au travers de son infinie souffrance petit Jean perçoit des choses, des gestes, des mouvements, entend des bouts de phrases, veut parler... mais c'est comme dans une hallucination. La douleur enlève toute réalité à la réalité.

Les gros pieds de le papa... les gros pieds qui lui ont donné cette douleur, j'ai mal, maman, j'ai mal. Et puis maman berce Noëlle qui la tète. Elle a la joue toute rouge de la gifle que lui a envoyée le papa, et le berceau sens dessus dessous. Que s'est-il passé ? Il s'est penché pour embrasser petite sœur et tout a basculé...

Et aussitôt après il y a eu le pied de le papa qui a mis cette douleur dans le ventre de petit Jean.

— Mais nom de Dieu, explique-toi ? Qu'est-ce qui t'a prise de faire sortir petit Jean du placard ? C'est un fou furieux ! J'ai bien raison de l'enfermer. Si tu l'avais vu se ruer sur ma gamine ! Tu es sûre qu'elle n'a rien ?

— Certaine. Elle tète bien trop goulûment. Et elle ne pleure plus. Mais je voudrais quand même savoir ? Jamais je n'ai fait sortir petit Jean. Tu penses : je ne t'aurais pas désobéi ! Comment a-t-il pu...

— Alors c'est ce matin quand tu lui as apporté à bouffer que tu as oublié de donner un tour de clé. Regarde ce qu'il est vicieux : il a attendu que tu t'en ailles pour sortir de son placard et aller tuer ma fille !

— Pourquoi il aurait fait ça ?

— Parce qu'il me déteste... Parce qu'il est jaloux de la petite... Est-ce que je sais, moi ?

Non, non, supplie désespérément une voix en petit Jean. Je voulais embrasser Noëlle... Ce n'est pas de ma faute si je suis tombé.

— Au pain sec et à l'eau. Tu n'auras plus de potage ni de purée pour te punir d'être sorti du placard et d'avoir voulu fair mal au bébé !

— Non, man, te jure... J'aime tite sœur... Voulais l'embrasser. Ah pas touché, maman, pas touché !

— Tu n'y es pas allé de main morte, Paul. Il les a toutes gonflées et noires ! Je devrais peut-être lui mettre des compresses ?

— Et puis quoi encore ? Je le trouve en train d'étouffer ma fille et tu ne t'occupes que de lui !

— Je ne pense pas qu'il voulait faire mal au bébé. Il n'est pas méchant !

— Ah oui ! Alors explique ce qu'il faisait, le berceau renversé et lui, de tout son poids, un garçon de cinq ans c'est fort, sur un bébé d'un mois ! Explique que je te dis...

— Je ne sais pas !

MÉMÉ

Un coup de sonnette léger, presque timide, mais qui résonne comme une fanfare dans l'Oreille aux aguets. Si étonnant. L'Oreille n'écoute plus depuis longtemps mais, inconsciemment, elle épie le mot qui va la faire sortir de son apathie, s'emparer d'une phrase pour réentendre, s'intéresser à la vie.

La sonnette retentit ; cri d'alarme que l'Oreille enregistre, réveillée par ce son inaccoutumé : personne ne vient depuis que petit Jean est dans le placard — sauf Mathieu une fois. C'est comme si le temps s'était figé en une minute de silence absolu.

— Quand je pense qu'à cause de lui je ne peux même plus dire aux copains de venir prendre un verre ! Il ne m'aura causé que des emmerdes ce gosse... — Mais rien ne t'empêche... — Pour qu'il se mette à gueuler ! J'ai pas envie d'expliquer pourquoi nous avons dû l'enfermer !

Le papa et maman sont là. Ils se sont tus quand ils ont entendu sonner. Ils ne bougent pas. Maman murmure, si bas que l'Oreille a du mal à entendre :

— Je me demande qui...

— Un démarcheur quelconque. Laisse tomber !

Mais la sonnerie retentit à nouveau. Violente cette fois, agressive, exaspérée. Deux coups l'un sur l'autre.

— Il vaut mieux que j'aille voir. Si c'est un voisin il s'étonnerait...

— On peut être sortis !

— A midi...

Le pas léger de maman. Sa voix devant la porte d'entrée.

— Qui est là ?

— ...

— Ça par exemple !

L'Oreille voit la porte qui s'ouvre, mais ne distingue pas encore la personne cachée derrière.

— Mémé ! Mais qu'est-ce que tu viens faire ?

Sur l'inconnu un visage oublié : mémé !

Les jours comme des pierres. Les uns sur les autres ils ont monté ce mur qui sépare petit Jean du passé. Et voilà qu'un grand pan d'ombre tombe, découvrant un jardin, un banc, une vieille dame qui y est assise, petit Jean jouant à ses pieds. Mémé ! Les joies d'autrefois remontent à la surface comme des ricochets sur un lac endormi. Les cochons de saint Antoine, l'auto qui culbute et petit Jean qui rit d'amusement et mémé « si tu es sage je te raconterai une belle histoire » !

— Si je te gêne, ma fille, faut le dire ! Mais je pensais que j'avais le droit de venir voir mon arrière-petite-fille puisque personne n'a pris la peine de me l'amener, ni même de me dire qu'elle était née.

La voix arrive nette, pas contente, jusqu'à petit Jean. Ce n'est pas la voix gentille de mémé quand elle lui parle. Une autre qu'il ne connaît pas. Et maman :

— Enfin, tu aurais pu me téléphoner ! Prévenir...

— Je ne savais pas qu'il fallait prendre des gants pour venir chez ma petite-fille ! Tu me fais entrer ou tu me laisses à la porte comme une mendiante ?

« Mémé ! » a crié petit Jean, mais sa voix a été étouffée par le bruit de la chaise repoussée bruyamment par le papa.

C'est lui maintenant qui parle. Tout contre la porte du placard. Méchant :

— Tu as le malheur de dire un seul mot pendant que la mémé est là et je te fous une trempe que celle que je t'ai envoyée quand tu as voulu tuer ma fille ne sera rien à côté... Compris ?

Petit Jean porte les mains à son ventre. Il a encore mal. Une douleur déchirante comme si on l'avait arraché tout vif. N'importe quoi, mais jamais plus cette intolérable souffrance.

— Oui, le pa...

— La voilà... Boucle-la !

— Tiens, vous êtes là, Paul. Si j'avais su vous trouver, je ne serais pas venue.

— Eh bien, ç'aurait été une bonne chose ! J'ai quand même le droit d'être chez moi, non ?

— Chez vous, c'est à voir ! Ce serait plutôt chez ma petite-fille, mais enfin si elle vous supporte !

— Elle m'aime.

— Chacun ses goûts !

— Ah ! Commencez pas à vous disputer... Mémé, comment savais-tu que la petite était née ?

— J'ai beau être vieille, je sais encore calculer. Tu me le montres, ce bébé ?

— Il est dans son berceau, dans notre chambre. Viens avec moi...

— Tu ne peux pas l'amener ici ?

— Non, c'est l'heure de sa sieste. Je ne veux pas la réveiller.

L'Oreille suit les pas de maman et de mémé... Si petit Jean pouvait crier à mémé... mais il a peur... si mal !

Des images d'avant se bousculent dans sa tête, se heurtent, des fragment d'un bonheur oublié. Des rires joyeux, mémé qui gronde, mémé qui embrasse, mémé qui donne un bonbon... Malgré lui, malgré sa terreur. Si mal ! il crie-murmure mémé ! Mais maman l'a emmenée dans la chambre voir Noëlle. Ce n'est pas vrai, c'est pour qu'elle n'entende pas petit Jean l'appeler et le papa a fait « chut » si méchamment que petit Jean s'est tu... si mal ! Il ne veut pas. Peur. Il ne dira rien, n'appellera pas mémé. Mémé qui ne sait pas qu'il est là tout près d'elle, derrière cette porte devant laquelle elle s'est arrêtée.

— Un beau bébé ! Mais petit Jean où est-il ? Il devrait être là. Il doit être content d'avoir une petite sœur !

— Je te l'ai déjà dit la dernière fois que tu m'as téléphoné...

— Cinq mois ! Toi qui venais me voir au moins deux fois par semaine.

— ... dans la famille de Paul.

Est-ce que le papa le battrait devant mémé ? Il a giflé maman... il giflera aussi mémé et son pied fera entrer la douleur dans le ventre de petit Jean. Il faut qu'il se taise s'il ne veut pas...

— Et, depuis ce temps, il y est toujours ?

— Oui. Tu sais avec le bébé...

— Avant c'était parce que tu étais enceinte ! Ils ont de la patience de garder un enfant qui ne leur est rien ! Pourquoi tu ne me l'as pas demandé plutôt à moi ? Ç'aurait été plus normal qu'à des étrangers.

L'Oreille est bien ouverte. Elle retransmet aux yeux chaque phrase, chaque mot, chaque silence. Petit Jean met son poing dans sa bouche pour ne pas appeler mémé au secours. La voix de maman est drôle, inquiète, sa figure n'est pas comme d'habitude. Elle n'est pas contente que mémé soit là. Avant quand mémé venait elle l'embrassait très fort. Petit Jean grimpait sur ses genoux, lui faisait un câlin.

Pourquoi maman ne dit-elle pas que je suis enfermé dans le placard ? Une voix secrète lui affirme : parce que mémé se fâcherait. Mais le papa est plus fort que mémé. Il la battrait !

Le mur qui le sépare d'avant s'écroule. Il revoit tout en images lumineuses : mémé vient le chercher pour aller au square, mémé le prend dans ses bras, l'embrasse, le cajole, et boit un grand bol de café au lait que lui sert maman. Elle m'en donne un peu dans sa tasse... c'est bon !

Pourquoi tout cela plus maintenant ? Un coup de pied dans la porte comme pas exprès, mais le papa l'a donné pour rappeler petit Jean à l'ordre : se taire, sinon...

— Tu pourrais m'offrir une tasse de café, Denise. Au moins me dire de m'asseoir ! Curieuse façon de recevoir sa grand-mère. Tu as bien changé depuis que tu es avec cet homme.

— Dites donc, cet homme comme vous dites, c'est le père de sa fille...

— Et alors, elle avait eu un fils avant vous ! A propos de ce fils d'ailleurs, je veux le voir.

— Mais enfin, mémé, puisque je te dis...

— Je sais... je sais. Mais tu vois, je n'arrive pas à

croire que tu me racontes. Des mois qu'on ne l'a pas vu...

L'Oreille est collée contre la porte. Mémé sait. Petit Jean en est sûr. Elle a demandé à son petit doigt qui lui a dit la vérité. Toujours quand petit Jean a envie de bonbons mais ne le dit pas mémé met son petit doigt dans son oreille : « Mon petit doigt me chuchote que tu es un gros gourmand qui veut des bonbons... » ou encore quand il fait un mensonge, mémé prend son air sévère et agite son doigt : « Tu mens, mon petit doigt... »

Son petit doigt lui a dit que j'étais enfermé dans le placard. Petit Jean tremble de joie et de terreur...

— Et où voudrais-tu qu'il soit, mémé ?

— Je ne sais pas. A tout te dire c'est même pour cela que je suis venue. Pour savoir la vérité. Mais tu me mens (c'est bien le petit doigt qui a parlé...). Tu mens à tout le monde.

— Qu'est-ce que tu vas chercher !

— Je suis inquiète pour le petit et je voulais que tu me dises... mais devant cet homme-là tu ne me diras rien !

— De quoi vous mêlez-vous, la mémé ?

— Vous ne faites pas peur, Paul. Un homme si fort qu'il soit ne fait pas peur à une vieille femme. Elle les connaît trop les hommes pour en avoir la crainte. Celui-là, ma petite, tu l'as dans la peau et il te fait faire toutes les bêtises qu'il veut... mais moi, il y a belle lurette que ça m'est égal et que j'ai les yeux ouverts !

« Je suis déjà passée il y a quelques matins, mais tu étais sortie faire tes courses. C'est pour ça que je suis venue à midi pour être sûre de te trouver. Je croyais que Paul déjeunait à la cantine.

— Parce qu'il faut que je vous rende des comptes

maintenant et que je vous dise quand je rentre... pour que vous veniez en douce monter ma femme contre moi !

Petit Jean a peur. Sûrement le papa va battre mémé. Il voit ses poings serrés qui ont envie de taper. Mais mémé est comme la sorcière qui transforme le méchant en balai. C'est ce qui arrivera à le papa. Et il s'envolera par la fenêtre comme dans les dessins de la télévision et tout sera comme avant.

Mémé n'a pas peur. Elle répète :

— Oui, je suis déjà venue...

— Il y avait longtemps qu'on ne vous avait pas vue...

— Je ne m'entends pas avec l'homme de ma petite-fille, alors...

— C'est le petit qui doit vous manquer.

— Pour ça, oui !

— Il est vrai qu'il est à la campagne !

— Il paraît...

— Vous savez, une femme enceinte, et puis ensuite le bébé... C'est fatigant un garçon de cinq ans. C'est trop petit pour comprendre. Moi, j'aurais plutôt cru que c'était à vous qu'elle l'aurait confié !

— Je n'aurais pas mieux demandé. Je l'aime beaucoup mon petit Jean. Et puis, quand on est vieux, on est si seul, il m'aurait tenu compagnie.

— Enfin, à la campagne, il est bien... ces gamins de Paris, il était un peu pâlot, ça ne leur fait pas de mal de respirer l'air des champs ! D'ailleurs, il rentre de temps en temps.

— C'est possible. On ne me dit rien !

— Oui, même que je trouve que lui qui était si gentil il est devenu, comment dire... ce n'est pas

qu'on l'a vu... il ne doit pas rester longtemps... mais on l'a entendu. Une fois, il a pris une de ces colères... la nuit ! Votre petite-fille devait être sortie, elle était encore grosse... peut-être a-t-il eu peur... à son âge être seul ! Les enfants ça s'angoisse pour un rien ! Enfin, il hurlait... à nous réveiller mon mari et moi. Comme on ne le croyait pas ici, on a d'abord pensé que c'était un autre, mais il n'y a pas d'enfant à l'étage que lui ! Et puis, à plusieurs reprises, ça a recommencé... moins fort... toujours quand votre petite-fille s'absente. Les gosses, vous savez ! Des larmes, des sanglots, des coups de poing. C'est pour ça sans doute qu'elle a dû le remettre chez sa marraine...

— Sa marraine ?

— C'est bien chez sa marraine qu'il est ; votre petite-fille m'a dit...

— Et, à moi, que c'était dans la famille de son... de son mari. Ça je me demande bien pourquoi elle m'a menti ! Et vous êtes sûre d'avoir entendu le petit.

— Comme je vous entends ! Un jour — de vous à moi — son beau-père lui a flanqué une raclée... je ne sais pas ce qu'il avait fait, pourtant c'est un enfant bien sage, mais il a crié, crié que ça faisait de la peine... Je vous dis ça... ça ne me regarde pas !

— ... même que je croyais bien que le petit était là ! Il me semblait...

Petit Jean retient sa respiration de peur que mémé l'entende. Elle parle tout près du placard. Elle dit qu'elle est déjà venue, mais alors elle a sonné ! Il ne l'a pas entendue. Il n'aurait pas, bien sûr, pu lui ouvrir. Mais il aurait crié. Un immense désespoir. Mémé est venue lui ouvrir et elle n'a pas pu entrer !

Le papa gronde :

— Il faut toujours que vous fassiez des histoires. Puisqu'on vous dit qu'il n'est pas là ; on l'a envoyé dans ma famille, en province, quand Denise a été enceinte ! C'est pourtant pas difficile à comprendre !

— Justement, si. Pourquoi, si tu voulais qu'il soit à la campagne, ne l'as-tu pas mis chez sa marraine ? Elle n'aurait pas mieux demandé.

— Mais enfin, mémé, qu'est-ce que ça peut te faire... qu'il soit là ou là ?

— Ça me fait que c'est un enfant que je voyais tous les jours avant que tu rencontres cet homme. Et, subitement, le voilà qui disparaît !

— Ecoutez, fichez-moi le camp, sans ça je vais piquer une rogne...

— Paul, c'est pas la peine de te mettre en boule... et toi, mémé, qu'est-ce qui te prend avec tes drôles d'idées ?

— Je veux voir mon petit Jean. Donne-moi son adresse ; je ne demande rien de plus. J'irai, même si je dois prendre le train. Je veux être sûre qu'il est bien nourri, qu'on est gentil avec lui, qu'il se porte bien !

— Pour aller emmerder mes parents comme vous le faites avec nous. Pas question ! Petit Jean c'est sa mère que ça regarde ! Pas vous. Si elle est d'accord vous n'avez rien à dire. Pas Denise ?

Mémé est partie. C'est comme une grande lumière dans la nuit qui s'est éteinte. La vie qui avait trouvé ce no man's land entre existence et mort... Pendant une heure ou un jour petit Jean a vécu dans l'ombre de cette lumière, dans l'espoir de cet espoir : Mémé allait revenir le délivrer ! et dans cette crainte : la douleur que le papa mettrait dans le ventre si mémé ouvrait la porte du placard.

Puis tout est redevenu noir. Même quand maman ouvre la porte, si vite, pour prendre le seau, donner un morceau de pain... Il ferme les yeux pour ne pas voir l'aveuglante lumière. Tout est noir, autour de lui et en lui. Il est redevenu fœtus dans le ventre-placard... Le fœtus ne sait pas qu'il verra le jour.

NI VIVANT NI MORT

Et les jours... les semaines... peut-être les mois... s'écoulèrent.

Dormir. Manger. Boire. Dormir. Pipi : la vie de petit Jean.

Les poulets, dans les élevages, ont de la lumière.

Dormir... en rond sur le matelas souillé. Il ne se déshabille plus pour la nuit. « La nuit. » Toujours. Il a cessé de regarder le rai de lumière sous la porte qui lui annonçait le jour. Mais il a enlevé ses chaussures : ses ongles poussés, longs, lui font mal.

Manger... le morceau de pain que maman lui donne comme les graines à l'oiseau. Il n'aime pas la lumière, une lame, quand la porte s'entrouvre.

Pipi... et autre chose, dans le seau, sans ça...

« Ça » c'est quoi ? Il ne sait plus. Cette douleur dans le ventre ?

Les sons ne lui parviennent qu'en onomatopées. Ils ne l'intéressent plus. De temps en temps un mot : petit Jean... Noëlle... Maman... le fait tressaillir, comme le bébé encore à l'intérieur du ventre maternel peut réagir à une parole renouvelée.

Des choses obtuses, obscures, sans réalité, règlent sa vie. Ne pas parler. Ne pas faire de bruit. Ne pas tenter de sortir du placard. D'ailleurs, il n'en a pas le désir.

Boire. Pipi. Caca. Des gestes très lents qui participent au sommeil mais qu'il faut faire attention de bien accomplir. Dormir.

VISITE

— Assistante sociale... mais...

Un sourire, une voix claire, jeune, sympathique :

— Excusez-moi de vous déranger... simple question de routine... Vous venez d'avoir un bébé... la maternité... prévenu. Vous n'avez besoin de rien ? Une aide-ménagère ? Vous y avez droit avec un prématuré et un accouchement difficile. Tout se passe bien ! Alors parfait. Quel magnifique poupon ! On devine qu'il a une maman pour laquelle... une petite fille ! Adorable !

« Vous vivez en concubinage, je crois. Déclaré à la mairie ? Vous avez tort. Cela vous donnerait beaucoup d'avantages. C'est reconnu maintenant ! Vous savez comment procéder ? deux témoins... une formalité ! Les allocations familiales... important pour l'enfant ! Le père l'a reconnu ? Oui, donc...

« Je vais vous laisser, je vois que tout se passe bien, mais croyez-moi...

« Au fait, vous avez un autre enfant ? Un petit garçon de cinq, six ans ? Je pourrais le voir ? Ah ! il est à la campagne ! depuis ? Près de dix mois, je crois ?...

Il doit vous manquer, c'est vrai qu'un bébé... tellement absorbant... Noëlle, quel joli nom.

« Votre petit garçon, vous pourriez me donner l'adresse des personnes chez qui il est placé ?

« Ah oui ! de la famille... quand même j'aimerais savoir... question de routine vous savez, on ne les dérangera pas. Simplement... Voir s'il ne manque de rien. Si ces personnes sont suffisamment... Ah oui, des cultivateurs ! Enfin, quand même, pour le principe. Vous savez l'administration ! c'est toujours un peu ridicule...

« Vous n'avez pas l'adresse ? Oui, je comprends, l'adresse exacte. C'est votre compagnon qui... des parents à lui.

« Quand même, lorsque vous voulez avoir des nouvelles de... Jean, je crois, c'est ça ? Ils vous téléphonent. Mais c'est un peu étonnant... Dans le Vaucluse... c'est grande le Vaucluse ! Ah, ils sont près de Cavaillon. Vous n'êtes jamais allée le voir ? Bien sûr, le bébé... suis-je sotte !

« Est-ce qu'il est revenu depuis la naissance ? Les voisins m'ont dit qu'ils avaient entendu... une fois, deux...

« Bon, eh bien, excusez-moi encore. Mais vous seriez aimable de passer à la mairie. Mon bureau... si je ne suis pas là il y a toujours mon assistante. Demandez à votre compagnon l'adresse exacte de l'endroit où est le petit Jean. Mais exacte. Vous savez les gens parlent, parlent... Il vaut mieux couper court aux bavardages par des faits réels.

« Alors, je compte sur vous. L'adresse ! Il se peut que nous soyons amenés à aller vérifier... simple question de routine !

LE PLACARD OUVERT

Ils sont deux en civil. Polis. Presque trop. Ennuyés.

— On nous a signalé que... Vous savez les racontars !

Il y a une sorte de remous dans l'escalier, de sourd roulement comme un bruit de mer.

Personne n'y prête attention. La mère est là, bras pendants, visage bouleversé. Et son homme : un furieux !

— ... perquisition ? Et puis quoi ?

— Ce n'est pas de notre faute ! Vous avez refusé de donner l'adresse des gens chez lesquels votre aîné est placé.

— J'ai rien à vous dire ! Pour que vous alliez ennuyer ma famille. Elle est déjà bien brave de garder ce gosse qui ne lui est rien ! Soyez bon... si c'est pour avoir la police comme si on était des voleurs !

La porte d'entrée est restée ouverte. Dans l'encadrement, comme une scène, des visages curieux paraissent et disparaissent. Des guignols. On n'aime pas le gendarme à guignol, mais parfois...

C'est quand même curieux cet enfant qu'on ne voit plus depuis des mois et les parents qui refusent de donner l'adresse de l'endroit où il se trouve...

Sur la pointe des pieds la voisine qui a entendu « j'en suis sûre » crier le petit Jean. Elle prend son importance, chuchote « oui, c'est vrai », elle a accompagné la grand-mère quand...

Perquisition !

C'est vite fait, trois pièces, la salle d'eau...

— Quand on vous dit qu'il n'est pas ici !

— Vous avez un placard, là... veuillez l'ouvrir.

— On a perdu la clé.

— Très bien, dans ce cas mon collègue va téléphoner au commissariat qu'on nous envoie un serrurier.

— C'est pas la peine, la voilà...

L'homme la sort à contrecœur de sa poche, la tend à l'inspecteur qui fait signe de la main :

— Ouvrez vous-même.

La mère a pris dans ses bras le bébé qui s'était mis à pleurer. Elle le berce. Une petite fille rose et potelée, bien tenue. Elle se calme et sa mère la remet doucement dans son berceau.

Et puis elle reprend sa pose, bras ballants, bouche entrouverte. Quand elle a vu la clé du placard dans la main de l'homme elle s'est mise à trembler. Un tremblement léger, celui d'une feuille qu'agite le vent, sans interruption.

L'homme, lui, tourne et retourne la clé. Les deux policiers le regardent, patients.

L'un dit calmement :

— Alors, vous vous décidez.

Les masques de guignol s'agglutinent à la porte...

L'autre inspecteur hausse les épaules, prend la clé des mains de l'homme.

Il va vers la porte du placard, l'ouvre, recule, dégoûté par l'odeur. Ouvre la porte toute grande.

Dans le fond du placard cramponné à un haillon de robe, il y a... un enfant ? Ce n'est pas, non, pas possible ! cette chose déguenillée, sale, des cheveux qui lui tombent sur le visage... des ongles, ces griffes, cassées, rongées ?

Et ce seau à ras bord empli de merde et de pisse. Un matelas crevé, une couverture dégoûtante, un chien n'en voudrait pas.

Serré dans ses bras il tient contre lui un objet informe...

Personne n'a dit un mot. La vraie épouvante ce n'est pas le hurlement des films d'horreur. C'est quand on se tait.

Et puis, rompant le silence de terreur, l'homme a crié :

— Je n'en ai rien à foutre de ce môme. Il n'est pas à moi. Il aurait aussi bien pu crever.

Son œil s'est égaré sur le placard et il s'est tu, gêné. Pas plus.

— Sors, petit, tu n'as plus rien à craindre.

Mais l'enfant — un enfant ? — s'est enfoncé dans la vieille robe. Ses yeux fermés comme s'il n'était plus vivant, cramponné à cette harde et à ce machin qu'il tient sur son cœur.

Sur le seuil de la porte d'entrée, rompant le cercle humain qui s'écarte, il y a une vieille femme.

Elle dit, et sa voix tranche curieusement sur cette immobilité, ce silence :

— C'est son ours Martin qu'il tient dans ses bras.

Et le second inspecteur tend la main vers le placard :

— Viens, mon petit. N'aie pas peur. Parle, que s'est-il passé ?

Mais la chose — encore une fois, est-ce vraiment un enfant ? — s'est enfoncée au creux du ventre du placard, les yeux clos, refusant d'entrer dans la vie.

La vieille femme s'est approchée. Elle regarde ce fantôme :

— Petit Jean...

La chose innommable se détache du mur. Elle avance, yeux fermés, mains tendues en avant vers la voix. Il y a sur son visage clos comme l'ombre d'un sourire :

— Mé... in... tin...

La vieille femme se tourne vers ceux qui sont là, figés pareils à des figures de cire :

— Il a dit : Mémé, on va aller au jardin avec Martin.

normandie roto impression s.a.
61250 Lonrai

Reproduit et achevé d'imprimer en novembre 1996
N° d'édition 96160 / N° d'impression 962093
Dépôt légal décembre 1996
Imprimé en France

ISBN 2-73-820-5950-2
33-5950-2